世界儿童文学名家名作

红蜡烛和美人鱼

【日】小川未明 著

周龙梅 彭 懿 译

华东师范大学出版社

雅众文化 出品

小川未明和他的童话

1

在日本，小川未明被誉为"日本的童话之父""日本的安徒生"，儿童文学理论界更是把他说成是日本近代儿童文学史上一个伟大的、影响深远的存在，把他的童话说成是日本近代儿童文学的起点。

小川未明一生写过一千多篇童话，许多日本人，包括我们所熟悉的作家、画家，都是看着小川未明的童话长大的。

比如，写过《狐狸的窗户》的作家安房直子就曾经这样写道：

"最开始读的小川未明的作品是《红蜡烛和美人鱼》。不过，是什么时候，又是在哪一本书上读到的，却完全记不起来了。童年时读的书，无论是装订、插图，甚至于纸张的触感，我都记忆犹新，不知为什么，唯独《红蜡烛和美人鱼》没有一点印象了。

"只记得那是一个无比悲伤、无比黑暗的故事，让我屏住呼吸一口气就读完了。而且，我还记得，我当时还想，这么悲伤的故事我不会再读第二遍！这大概是我头一次遭遇的黑暗、哀伤而美丽的故事吧！

"还有，自从读了这篇作品之后，我开始对红色产生了一种不可思议的感觉。在那之前，红色对于我来说不过是一种鲜艳、明亮的颜色而已。可是在这篇作品中，我却隐隐约约地感到，这红色里如同诅咒一般地包含着深切的悲哀和令人恐惧的黑暗。

"红色如今仍然吸引着我，这大概要归功于未明的童话了。虽然我不喜欢穿红衣服，但我喜欢眺望红色。我觉得它是一种不可思议的颜色。它是一种把温情与冷酷，悲伤与欢乐，吉利与不吉利——这些截然相反的意象，贪婪地吞噬进去，又在不同的时候放射出不同的光辉的拥有妖气的颜色。

"我常想，自己什么时候也能写出这样一篇作品来呢。"

再比如，画过《活了100万次的猫》的画家佐野洋子也曾经写道：

"我是几岁时知道《红蜡烛和美人鱼》这篇童话的呢？

"不用说小川未明这个名字了，也许连《红蜡烛和美人鱼》这个篇名都没有记住。我只记得读到美丽的美人鱼被迫把蜡烛全都涂成红色的场面时，感到非常恐怖，心都要碎了似的，留下了非常难过的印象。她为什么要到老爷爷和老奶奶家里来呢？我记不清了。美人鱼的母亲来找孩子的场面，也记不清了。

"留下来的，只有远方隐隐约约地传来的悲伤的音乐，突然激烈地变成了鲜明的音色，然后又消失在远方的感觉。

"把白蜡烛涂成红色的美人鱼，才是我的红蜡烛和美人鱼。

"我无法忘却。

"我记得那本书里还有一张插图。美人鱼细细的指尖被染成了淡淡的红色。画在光滑冰凉的纸上的淡红色的细细的指尖，很可怜。细细的脖子，像烟一样的头发。美人鱼虽然穿着衣服，但却可以看到身体。透明的美人鱼，如同融化在了冰冷而又美丽的蓝色之中。身体没有重量，淡红色的指尖比水还要凉。

"有一天，我久久地凝视着那张插图。我看着她那白白的脖子，不知为什么，焦点模糊了起来，她的脖子动了一下，她在轻轻地呼吸。

"美人鱼活了。"

2

小川未明的本名为健作。未明，实际上是他后来在早稻田大学读书时的恩师坪内逍遥给他起的笔名。坪内逍遥介绍他在《新小说》杂志上发表登上文坛的处女作《流浪儿》时，对他说："歌德说美在黄昏，我觉得黄昏漫无边际，同样也是微明，拂晓怎么样？就叫未明吧！"

1882 年 4 月 7 日，小川未明出生于新潟县的高田市，高田就是现在的上越市幸町一带。这里是日本屈指可数的雪国，一年有一半的时间被灰色的天空笼罩，每天夜里大海的呼啸声不绝于耳。遇上大雪之年，整个镇子都会被大雪埋住。

后来回忆起自己的童年时，小川未明曾经这样写道："北国从十月末起，天就变得昏暗起来，十一月就会下雪。不到来年的三月或是四月，那雪都不会消失。现在回想起来，才会意识到那昏暗的、白雪皑皑的景色有多美，那才是北国特有的景色。然而，当我还是一个孩子的时候，那种寂寞之感实在是让人无法忍受。我总是在想，春天要是早点来多好啊！每当绚丽的晚霞映红天空，我就会想，啊，明天是一个好天，我非常地快乐，喜不自禁……一想到如果翻过这座大山，山那边会是一个没有雪、明亮的世界，心中就会充满了无边无际的幻想。没有雪、明亮、暖和的地方，是我孩提时代最大的一个憧憬。"

北国的这段童年生活，对小川未明日后的创作产生了深刻的影响。他早期的许多童话，如《牛女》《红蜡烛和美人鱼》《黑色的人影与红色的雪橇》等，都源于他的这段童年经历。用日本儿童文学评论家砂田弘的一句话来说，就是少年未明所"遭遇的风景、民俗、父亲对信仰的狂热追求以及从祖母那里听来的神秘的故事，共同酿就了未明文学的土壤"。

1895 年，十三岁的小川未明升入高田中学。这时的他已经对文学产生了浓厚的兴趣，开始向《中学世界》投稿。不过，因为只喜欢文科，讨厌理科，不适应学校的氛围，继续用砂田弘的一句话来形容，就是小川未明"度过了一段愤怒与屈辱的日子"。后来因为升学考试数学连续三次不及格，他不得不退学。

1901 年，十九岁的小川未明胸怀进京大志，在高田中学的一位英语教师的推荐下，来到东京，参加东京专门学校的文科考试被录取。第二年，东京专门学校改名为早稻田大学，小川未明转到了英文科。两年后，他的一篇文章得到了坪内逍遥的赏识，开始受邀参加坪内逍遥每个月在家中举办的读书会，作品也得到了亲切而又细心的修改，正是坪内逍遥引导他走向了作家之路。

不过，在学期间，还有一个人对他的影响不可低估，这个人就是《怪谈》的作者小泉八云。虽然仅听过晚年的小泉八云四个月的课，但他深受感动，不但读遍了小泉八云的所有作品，连毕业论文写的也是《小泉八云论》，可见小泉八云对他的影响之大。其实，我们从他的许多作品，如《月夜与眼镜》《小岛黄昏的故事》《有白门的房子》中也都可以或隐或现地看到小泉八云那些灵异故事的影子。

从早稻田大学毕业前夕，二十三岁的小川未明在《新小说》上发表了《冰雹加雨雪》，这篇作品不但获得了好评，也确立了他作家的地位。在这篇五十多页的作品中，他用美文的笔触、回忆的语调，以北国的自然风物与生活为背景，叙述了一个表现少年的孤独与不安、反抗与憧憬的故事，这个故事被认为是以小川未明自己为原型的作品。

1906 年，新婚不久的小川未明加入了早稻田文学社，并在从英德留学回国的早稻田大学讲师岛村抱月的推荐下，成了"以新童话运动为目标"的《早稻田文学》的附刊《少年文库》的一名编辑。岛村抱月当时就洞察出了小川未明作为一名童话作家的资质，他曾经对日本儿童文学的先驱严谷小波说过这样一句话："他将来肯定会奔赴你的领域的！"虽然《少年文库》只出版了一期就结束了，但小川未明在上面发表了四篇童话。

1907 年，小川未明出版了第一部小说集《愁人》。
1910 年，小川未明出版了第一部童话集《赤船》。

对于小川未明当时的创作风格，日本《儿童文学事典》给予了这样的评价——

"当时未明的作品风格，应该看作是自然主义文学在态度和方法上的一种表现，是典型的日本的'印象主义'。他一方面注重写实，一方面努力发扬主观的、感情的宣泄。其结果，便是虽然所表现出来的相貌是现实的，但却又是浪漫而神秘的。在文学史上，未明文学可以归属于自然主义，同时又被列入反自然主义文学一派的新浪漫主义文学之中，但他的本质只能算是'印象主义'。"

1918 年 7 月，童话作家铃木三重吉提出了"为孩子创作艺术童话和童谣"的口号，创办了童话杂志《赤鸟》。小川未明也是其中的一个积极的参加者。以《赤鸟》为舞台，近代日本的儿童文学迎来了童话和童谣的黄金时代。这里需要提一笔的是，当时的童话，指的是创作的儿童文学。

也是这一年，小川未明久病不愈的长女晴代不治而死，结束了十一岁的生命。而在此之前的 1914 年，他已经失去了六岁的长子哲文。小川未明悲痛万分，甚至写下了这样的文字："贫困时代丧失二子，悲彻骨髓，甚于鞭打。"第二年，他发表了童话《金环》，故事说的是：久病初愈的太郎在家门口看见一个少年滚着环子从马路上跑了过来。那环子金光闪闪，放射出灿烂的光辉。这个陌生的少年快跑到马路尽头的时候，朝太郎这边微微笑了一笑，就像对老朋友那样，看上去令人感到十分亲切。这天晚上，太郎对母亲讲起了少年和金环的事，母亲不相信。过了两三天，七岁的太郎就病死了。这则童话篇幅极短，不过千余字，但写得哀婉而宿命，可以看作是小川未明为两个幼年夭折的孩子谱写的一首安魂曲。

两年后的1921年，三十九岁的小川未明发表了被称为"未明童话最高杰作"的《红蜡烛和美人鱼》——

美人鱼不仅住在南方的大海里，也住在北方的大海里。

北方的大海是蓝色的。有时，美人鱼会爬到岩石上，一边眺望着周围的景色，一边休息。

从云缝里透出的月光，凄凉地映照在波浪之上。无论朝哪一边眺望，都是一望无际的惊涛骇浪，翻腾起伏。

多么凄凉的景色啊！美人鱼想。自己的样子与人类并没有什么太大的不同，如果与鱼类呀，或者是住在深海里的各种凶猛的兽类比起来，自己的心灵和样子也许更像人类吧！既然这样，自己为什么还要和鱼类呀、兽类什么的一起生活在冰冷、黑暗、阴郁的大海里呢？

美人鱼一想到多少年都没有一个说话的对象，一直都在憧憬着明亮的海面生活，就忍受不了了。于是，一到月光皎洁的夜晚，美人鱼便会浮上海面，在岩石上休息，陷入各种各样的幻想之中……

遭人背叛的美人鱼的悲哀、鬼迷心窍的老夫妇的愚昧以及不可抗拒的大自然的愤怒，都被小川未明用他那支充满了色彩感的笔，给栩栩如生地描绘了出来。关于这篇童话的灵感，据儿童文化研究家上笙一郎的推测，源于小川未明自己的两段生活经历、一幅画和一个传奇。两段生活经历，一段是小川未明出生后曾经被制作蜡烛的邻居收养，另一段是他上中学时借宿的那户人家，住着一位美丽、腿有残疾的主妇和她的女儿。一幅画，是他后来见到的瑞士幻想画家勃克林描绘美人鱼的《戏浪》。一个传奇，是故乡海边流传的美人鱼的传说。这四者结合，促成了这篇凄美而妖魅感人的作品。

1921年到1925年，是小川未明创作的巅峰期。他的许多洋溢着幻想色彩的作品，如《到达港口的黑人》《黑色的人影与红色的雪橇》《野蔷薇》《巧克力天使》等，都是在这几年发表的。

1926 年 5 月，在出版了六卷本《小川未明选集》之后，四十四岁的小川未明发表了《今后做童话作家》的"童话作家宣言"，告别小说创作，专心写童话。可惜的是，尽管后来他一直笔耕不辍，但人过中年的小川未明再也没有写出像《红蜡烛和美人鱼》那样幻想性丰富的童话佳作来。

3

二十世纪五六十年代，小川未明的童话遭到了一批年轻人的猛烈批判。

关于这次批判，在《儿童文学事典》里有如下的记述——

"……进入昭和时期（1925 年），甚至酿成了这样一种风潮，即未明童话的思想与方法成为了儿童文学的规范和理想。正因为是这样的一种存在，到了第二次世界大战过去十几年的六十年代前后，日本儿童文学开始新的飞跃的时候，未明童话便成为了年轻一代批判与否定的靶子。属于所谓《少年文学宣言》派的古田足日和鸟越信从社会变革的现实主义立场出发,《儿童与文学》派从期盼出现欧美式的幻想小说的立场出发,共同否定了未明童话的思想与方法,并以这种否定论作为桥头堡,推出了以长篇少年少女小说和长篇幻想小说为主轴的六十年代以后的儿童文学。也就是说,日本的现代儿童文学是以否定未明童话为媒介才成立的。从能成为否定的媒介这一意义上来看,未明这一存在也不能不说是影响巨大的。"

不过,到了七十年代,又出现了重新评价小川未明的动向。虽然没有全面肯定,但还是有许多人都指出了未明童话的独特性和普遍性,高度评价了未明所发挥的作用。进入八十年代以后,小川未明的作品终于得到了彻底的复苏和肯定。

现在,小川未明的童话在日本不但以文集、选集以及图画书的形式得到重新出版,被广泛阅读,1992年,在小川未明的故乡新潟县上越市,还设立了以"把日本近代童话之父小川未明的文学精神——对人类的爱与正义感传给下一代"为目的的"小川未明文学奖"。2005年,"小川未明文学馆"建成。

彭懿

目　录

红蜡烛和美人鱼

一

　　美人鱼不仅住在南方的大海里，也住在北方的大海里。

　　北方的大海是蓝色的。有时，美人鱼会爬到岩石上，一边眺望着周围的景色，一边休息。

　　从云缝里透出的月光，凄凉地映照在波浪之上。无论朝哪一边眺望，都是一望无际的惊涛骇浪，翻腾起伏。

　　多么凄凉的景色啊！美人鱼想。自己的样子与人类并没有什么太大的不同，如果与鱼类呀，或者是住在深海里的各种凶猛的兽类比起来，自己的心灵和样子也许更像人类吧！既然这样，自己为什么还要和鱼类呀、兽类什么的一起生活在冰冷、黑暗、阴郁的大海里呢?

　　美人鱼一想到多少年都没有一个说话的对象，一直都在憧憬着明亮的海面生活，就忍受不了了。于是，一到月光皎洁的夜晚，美人鱼便会浮上海面，在岩石上休息，陷入各种各样的幻想之中。

"说人类住的镇子很美，说人类比鱼类、比兽类都更有人情味、更善良。我们虽然生活在鱼类和兽类之中，但是因为我们更接近人类，所以即使到了人类中间，也不是不能生活的吧？"美人鱼想。

这是一条女美人鱼，而且还怀孕了。

"……我们已经在凄凉、连个说话的对象都没有的北方的蓝色大海里，住了很久很久了，已经不再盼望去明亮、热闹的国度了。可是，至少不想让即将出生的孩子，再这么悲伤、无助了。

"虽说离开孩子，孤独、寂寞地在大海里生活，无比痛苦，但不管孩子去哪里，只要孩子能幸福地生活，就是我最大的喜悦了。

"听说这个世界上最善良的就是人类。而且还听说，人类从不欺负和折磨那些可怜无助的生物。一旦接受了，就绝对不会抛弃。幸运的是，我们不仅脸型都很像人类，而且身体的上半身也都跟人类一模一样——既然在鱼类和兽类的世界里能生活下去——当然在人类的世界里也能生活下去了。一旦人类收养了我的孩子，一定不会狠心地抛弃……"

美人鱼这样想着。

至少要让自己的孩子在热闹、明亮和美丽的小镇里长大。美人鱼怀着这种仁慈的母爱，决心把孩子生到陆地上去。这样一来，自己可能再也见不到自己的孩子了，但是美人鱼想，孩子一定会和人类成为朋友，一定会过上幸福的生活。

远处的海岸上有一座小小的高山，透过波浪，看得见山上的神社一闪一闪的灯光。一天夜里，美人鱼为了生下孩子，穿过冰冷、黑暗的波涛，朝着陆地游去。

二

海岸边有一座小镇，小镇上有各种各样的小店。在有神社的那座小山的脚下，有一家卖蜡烛的贫寒小店。

店里住着一对老夫妇。老爷爷做蜡烛，老奶奶在店里卖蜡烛。小镇子里的人和附近的渔民去神社参拜时，总要顺路到这家店里来买几根蜡烛，然后再上山。

山上长满了松树，神社就坐落在松林之中。从海上吹来的风，吹打着松树的树梢，白天黑夜呼呼地叫着。每天晚上，从远处的海面上都可以看见神社里闪闪烁烁的烛光。

这是一天晚上的事情。

老奶奶对老爷爷说："咱们能过上这样的日子，多亏了神明保佑！要是这座山上没有神社，蜡烛也就卖不出去了。咱们真应该感谢神明才是呀！既然想到这儿了，我这就上山去拜拜神明吧！"

　　"你说得太对了。我虽然也每天在心里感谢神明，可是整天忙着干活儿，常常顾不上上山去拜神明。多亏你想起来了，也替我好好感谢感谢神明吧。"老爷爷回答说。

　　老奶奶慢慢腾腾地出了门。这是一个美丽的月夜，外面如同白天一样明亮。当老奶奶在神社拜完了神明，从山上走下来的时候，看见石阶下有一个婴儿在啼哭。

　　"多可怜啊，一个弃婴。是谁把婴儿丢在了这种地方呢？可这事也太奇怪了，偏偏就让我在拜完神明回来的路上碰到了，一定是什么缘分吧！就这么不理不管，是会受到神明的惩罚的。一定是神明知道我们夫妇没有孩子，才恩赐给我们的，回去跟老爷子商量商量，就收养了这个婴儿吧。"老奶奶在心里嘀咕着，把婴儿抱了起来。

　　"噢噢，好可怜啊！好可怜啊！"老奶奶说着，就抱着婴儿回家了。

　　老爷爷正等着老奶奶，老奶奶就抱着一个婴儿回来了。于是，老奶奶就把事情的经过从头到尾地跟老爷爷说了一遍，老爷爷也说："这确实是神明恩赐给咱们的孩子，要是不好好地抚养的话，是要受到惩罚的。"

两个人决定收养这个婴儿。这是一个女孩子。因为她的下半身不是人的模样，而是鱼的形状，所以老爷爷和老奶奶都觉得她一定是传说中的美人鱼。

"这可不是人类的孩子啊……"老爷爷看着婴儿，歪着头说。

"我也是这么想的。虽说不是人类的孩子，可是你看她的小脸有多温顺，多可爱啊！"老奶奶说。

"就是就是，没关系。只要是神明恩赐给咱们的孩子，咱们就该好好地把她养大。长大了，她一定会成为一个又聪明又乖巧的孩子。"老爷爷也说。

从这一天起，两个人就开始精心地养育这个女孩。随着年龄的增长，女孩渐渐地出落成一位大姑娘了。只见她明眸皓齿、头发乌亮，皮肤白里透红，人又温顺，又聪明。

三

姑娘虽然长大了，可是因为她觉得自己样子长得古怪，所以很害羞，不肯在人前露面。但是，凡是见过姑娘一面的人，都会为她的美貌而吃惊。其中，有些人就是为了想看看这位姑娘，才特意跑来买蜡烛的。

老爷爷和老奶奶只好对他们说："我们家闺女内向害羞，不愿意见人。"

老爷爷在里屋一刻不停地做着蜡烛。姑娘想，如果按照自己的想法，在蜡烛上画一些美丽的图案，大家一定会更喜欢来买蜡烛了。于是，她把自己的这个想法告诉了老爷爷，老爷爷回答说："那你想画什么就画什么吧！"

姑娘用红色的颜料，在白色的蜡烛上画上了鱼呀、贝壳呀、海草什么的，也没有学过，只是凭着天赋，就画得好极了。老爷爷看了，吃了一惊。不论是谁，看了那画都会想要那根蜡烛，因为那画里面，蕴藏着一种不可思议的力量与美丽。

老爷爷感叹地对老奶奶说："当然画得好了，不是人画的，是美人鱼画的嘛！"

"我要买带画的蜡烛！"从早到晚，都是来店里买蜡烛的小孩和大人。画着画的蜡烛，果然很受大家的欢迎。

于是，就有了一个神奇的传说。说是如果在山上的神社供奉这种有画的蜡烛，然后再把烧剩下的蜡烛带在身上出海的话，无论遇上多么大的暴风雨，都不会发生沉船或淹死的灾难。人们你传我，我传你，这个传说不知从什么时候就流传开了。

"那座神社里供奉着海神呢，用好看的蜡烛上供，海神当然高兴了。"小镇上的人都这么说。

因为蜡烛店里的蜡烛好卖，老爷爷每天从早到晚拼命地做着蜡烛，一边的姑娘忍着手痛，用红色的颜料画着画。

"把我这样一个不同于人类的孩子养大，又是那么地百般疼爱，我不能忘记了他们的养育之恩啊！"姑娘被这对老夫妇的善良的心感动，大大的黑眼睛里常常会闪烁出泪花。

这个传说一直传到了很远的村子里。远方的水手和渔民也想得到给神明上供后剩下的带画的蜡烛，特意从遥远的地方赶来。他们买了蜡烛上山，拜了神明之后，就点上蜡烛上供，等蜡烛烧成短短的一小段之后，再把它带回去。因此，无论是晚上还是白天，山上神社里的蜡烛的火就从来没有熄灭过。特别是夜里，从海面上就可以看得见美丽的灯火。

"真是让人感恩不尽的神明啊！"神明的名声传遍了世间，这座山也因此突然就出了名。

虽然神明的名声这么高，可是谁也没有想到过一心一意在蜡烛上画画的姑娘。所以，也就没有人觉得这姑娘可怜了。姑娘好累啊，她常常会在美丽的月夜把头探出窗外，含泪眺望着北方那遥远的、让她思念的蓝蓝的、蓝蓝的大海。

四

有一次，从南方来了一个江湖商人。他打算到北方来找些什么稀罕的玩意儿，拿到南方去卖钱。

江湖商人不知是从哪里打听到的，也不知道他是什么时候看到姑娘的模样的，看出了她不是真正的人类，而是世上罕见的美人鱼。有一天，他瞒着姑娘，偷偷地来到老夫妇的身边，说他肯出大价钱，要他们把美人鱼卖给他。

一开始，老夫妇觉得姑娘是神明赐给他们的，怎么能轻易卖掉呢！那么做是一定会受到惩罚的，于是就没有答应。江湖商人一次又一次被拒绝，可是他还是不甘心，又来了，还煞有介事地对老夫妇说道："从古时候起，美人鱼就被认为是不祥之物。你们如果不赶快撒手，很快就会大难临头的。"

不过，老夫妇最终还是听信了江湖商人的话。加上可以挣大钱，也就利令智昏，答应把姑娘卖给江湖商人了。

江湖商人心满意足地回去了。说是过几天就来领姑娘。

当姑娘知道了这件事时，不知有多么吃惊！内向、温顺的姑娘害怕离开这个家，害怕到几百里远、陌生而又炎热的南方去，于是便哭着央求老夫妇："我什么活儿都能干，请不要把我卖到陌生的南方去。”

然而，老夫妇的心肠已经像魔鬼一样了，不管姑娘怎么说，他们也听不进去了。

姑娘把自己关在屋子里，一心一意地在蜡烛上画画。可是老夫妇看见了，既不觉得可怜，也不觉得哀伤。

一个月光皎洁的夜晚。姑娘一边独自倾听着大海的涛声，一边想着自己的未来，不由得悲伤起来。当她听着涛声的时候，总觉得远处有谁在呼唤自己，于是就朝窗外看去。可是，只有月光映照在无边无际的蓝蓝的、蓝蓝的海面上。

姑娘又坐了下来，在蜡烛上画起画来。就在这时，外面传来了一片吵嚷声。上次那个江湖商人，今晚终于来领姑娘了。车上放着一个镶有铁栅栏的四方形的笼子。这个笼子曾经装过老虎、狮子和豹什么的。

江湖商人说，虽说是温顺的美人鱼，但毕竟是海里的兽类，所以还是要像对待老虎、狮子们一样。等姑娘看到这只笼子时，恐怕魂都要吓飞了吧？

姑娘一无所知，还在埋头画画。就在这时，老爷爷和老奶奶走了进来：“好了，你该走了。”说完，就要把她带走。

因为被催得太紧，姑娘来不及为手上拿着的蜡烛画上画，就把它们全都给涂成红色的了。

作为对于自己这段伤心回忆的纪念，姑娘留下两三根红蜡烛，就走了。

五

这是一个非常平静的夜晚。老爷爷和老奶奶关上门，睡觉了。

三更半夜，"咚、咚"，谁在敲门。他们年纪虽大耳朵却还挺灵，听到了敲门声，就想，是谁呢？

"谁呀？"老奶奶问。

可是没有回答，接着，又传来"咚、咚"的敲门声。

老奶奶起来，把门打开一条细缝，朝外看去。只见一个皮肤白皙的女人站在门口。

女人说是来买蜡烛的。只要能赚钱，哪怕是一点点，老奶奶也绝不会露出不高兴的神情的。

老奶奶取出装着蜡烛的箱子给女人看。这时，老奶奶不禁吃了一惊。因为她看到女人乌黑的长发水淋淋的，在月光映照下闪闪发亮。女人从箱子里拿起了一根红蜡烛，出神地盯着看了很久，最后付了钱，拿着红蜡烛走了。

老奶奶拿着钱走到灯光下一看，才发现那不是钱，原来是贝壳。老奶奶知道自己被骗了，就气呼呼地冲出家门，追了上去，可是女人已经跑得无影无踪了。

那天夜里，天气突变，下了一场近年来罕见的特大暴风雨。正好是江湖商人把姑娘装进笼子，用船运往南方的途中。

老爷爷和老奶奶心惊胆战地说："这么大的暴风雨，那条船肯定是没救了。"

天亮了，海上一片漆黑，景色十分恐怖。那天夜里，无数条船遭遇了海难。

更奇怪的是，自从那天起，只要夜里在山上的神社点燃了红蜡烛，无论多么好的天气，都会立即刮起暴风雨。从此以后，红蜡烛被视为了不祥之物。蜡烛店的老夫妇说是受到了神明的惩罚，就此关闭了蜡烛店。

可是，也不知是从哪里来的什么人给神社上供，红蜡烛常常被点燃。过去，只要带着给这座神社上供剩下的蜡烛，就绝对不会在海上遇难的，可这回呢，仅仅是看一眼红蜡烛，这个人就肯定会遭受灾难，淹死在海里。

消息很快就在世间传开了，谁也不来这座山上的神社参拜了。这么一来，过去曾经十分灵验的神社，如今却成了镇上的鬼门关了。没有一个人不在抱怨：这个镇上如果没有这样的神社就好了。

水手们害怕从海上眺望有神社的那座小山。到了夜里，这一带的海面上，总是让人有一种说不出的恐怖。

无论是看向哪边，都是一望无际的惊涛骇浪。海浪撞击在岩石上，泛起白色的水沫。从云缝间透出的月光映照在海浪上，更是让人不寒而栗。

在一个伸手不见五指、没有星星的雨夜，有人看见从波浪上飘出红蜡烛的火光，火光渐渐升高，忽闪忽闪地朝着山上的那座神社移去。

没过几年，山脚下那座小镇就成了一片废墟，不存在了。

深山里的秋天

已经是秋末了。老猴子蹲在岩石上，呆呆地望着天空。可能是感到了什么莫名的悲伤吧？夏天曾经是那么生机勃勃的树叶，现在已经开始枯萎了，老猴子想，不久，自己也会这样吧？也许是想到了永久的长眠。即使脑子里没有想得那么清楚，只不过是一时冒出来的想法，但毕竟是捕捉到了这种预感。老猴一反常态，用一种悠远而平静的心态，注视着云彩的走向。

夕阳落到重峦叠嶂的高山后面去了。百花盛开，仿佛那里就是和平的乐土。可怜的老猴一边望着如同藏红花和石竹花的花瓣一样美丽的、正在散去的云彩，一边思索着，可有些事毕竟超出了它那只小脑袋所能思考的范围。

"走在前面的，看上去多像住在山里的大灰狼啊！

这样说起来，跟在后面的就是大熊吧！再后面拿着旗子的，像是上次在森林里见到的狐狸。"

这样一边想象着一边看云彩，它会从天上那一片片云彩上辨别出一个个自己熟悉的住在山里的野兽和小鸟，它们快乐、亲密无间地在神明面前游戏着。

老猴在岩石上，目不转睛地望着这奇妙的情景。

"啊，我知道了。神明一定是在说：你已经老了，趁着身体还硬朗的时候，再跟大家一起开心地玩一次吧！"

老猴想到这里，为了把朋友们招过来，冲着天空发出了一声悲吼。

天上的云彩不知何时都消失不见了。如果没有发现，也许永远都不会知道，那是来自天上的一个短暂的暗示。

听到老猴的叫声，附近树上的小松鼠立即赶了过来。

"怎么了？猴爷，出了什么事？"小松鼠问。

这只老猴很受住在附近山林里的野兽和小鸟们的尊敬，那是因为它对这座山里的生活经验太丰富了。

老猴先把从云彩中得到的启示，对小松鼠讲了一遍。

"那实在是太壮观了！神明说，趁着还没有下雪，召集大家好好地玩一次吧。"老猴解释说。

"这真是一件好事，不过，怎么跟那些平时很瞧不起我们的熊和狼们说呢？"小松鼠歪着小脑袋发愁了。

14

"把我方才看到的事情跟它们说了，它们不会不愿意的。"老猴回答。

"那么，猴爷，就请赶快召开联欢会吧。只要没有人嫌弃我小，没有比这更高兴的事情了。"小松鼠高兴得跳了起来。

就在这时，狐狸慢吞吞地走了过来。

"猴爷，出什么事儿了吗？听到您的叫声，我吓了一跳，就马上赶来了。"样子狡猾的狐狸说。但是，这时候的狐狸显得很老实。

老猴又把方才看到的云彩的事讲了一遍。

"狐狸，我看到你拿着旗子走在那列队伍里了。我们举办联欢会的时候，请你也那样拿着旗子好吗？"

听了这话，狐狸挺起了胸脯说："唉，我要是也在这里观看那些云彩就好了。我一直在竹林里睡大觉，听到了您的叫声，才给惊醒了。"

老猴委派它们俩做使者。狐狸准备去找洞穴里的熊，而小松鼠则去找在河谷里等待猎物的狼。

小松鼠刚要走，又回头对老猴说："葡萄的季节虽然已经过去了，但还有别的好东西。我知道结柿子的地方，要是找一找，还能找得到栗子、橡子、山梨等果实，一定可以办成一个丰盛的宴会的。不管怎么说，马上就要进入漫长的冬天了，大家好好地玩上一天吧！

这合乎住在这山里的动物们的趣味，大概不会有谁反对的。"

同样，朝另外一条路走去的狐狸也说："当然了，虽然不像人那样懂道理，可是咱们也是讲情义的呀！"

"人的情义是靠不住的。"小松鼠摇了摇头说。

"不会的。"狐狸为人辩护。

"最讲情义的熊和最勇敢的狼，不是救过人吗？可是人怎么样呢？发现了熊和狼之后，最后还是会杀死它们的。"小松鼠急了，坚持说。

老猴笑了笑，说："这回，咱们也跟人交朋友吧！"

"尽管猴爷您这么说，可人还不是说'猴精、猴精'嘛，这可绝对没有赞扬的意思啊。"被小松鼠这么一说，连猴子也现出难为情的样子来。

"不去管它了。好了，赶快走吧！"狐狸这么一说，小松鼠一跃，就跑到山谷那边去了。

山顶上有一座茶馆。从夏天到秋天，会有远行的旅人翻越山岭，经过这里险峻的山路。可是进入深秋之后，几乎连人影都看不到了。

茶馆主人让家人下山去了，只剩下自己一个人，准备收拾收拾再下山。因为直到明年冰雪消融、小鸟在新绿的枝头上鸣叫之前，是不会有事再上山来了。他想，我必须把剩下的酱油、大酱，还有酒和点心什么的都处理掉。

"今天又没有见到人来。"

这时，从门缝里吹进来的风，让他突然觉得有一种寒气逼人的感觉。

"附近的山上可能下雪了吧?"茶馆主人想。明天早上，到外边朝远处的山上一望，肯定是白茫茫的一片了！他想象着那座山的样子，坐在悄然无声的屋子里，听着风"呜——呜——"地透过门缝的声音。

"去年，也是在这个月的中旬下的山。可是今年的冬天，似乎比往年来得早。"茶馆主人站起来，拉开拉窗，朝后山的方向望去。

夕阳已经西沉，令人生畏的灰色云彩从山顶上露了出来。这时，听到了猴子"吱——吱——"的尖叫声，他知道这是因为山上下雪了，所以猴子从山里跑了出来。他这才发现自己粗心大意，还没有擦好步枪呢！第二天下午，他觉得门口好像有什么动静，定睛一看，只见一个怪物的脑袋伸了进来。茶馆主人吃了一惊，话也说不出来了，摔了一个屁股蹲儿。因为那是一只巨大无比的熊。

他觉得自己已经没命了，浑身的血都凝固了。

"救救我吧。"他在心里一个劲儿地祈求神明保佑他。

可是熊并没有马上扑过来。相反，手里握着柿子树枝和木天蓼①的熊，好像在用眼神诉说着什么。当他明白了熊确实不是要来吃他的时候，就说："只要你留我一条命，你要什么我给你什么！"他战战兢兢地抬起头，察看着熊的动静。熊好像是在征求他的同意似的，立刻来到酒桶前面，目不转睛地盯着酒桶。

"哈哈，原来你是想喝酒，才跑到这里来的呀！"茶馆主人恍然大悟。

"我要是不让它喝，它肯定要发怒咬死我。不是你死就是我活！干脆让它喝个够吧，等它喝醉了之后，再来收拾它怎么样？"

就这么一瞬间，茶馆主人的脑子里滚动着各式各样的想法。

"哪有那么多酒给这只大笨熊喝啊！神明大概是在考验我，看看我在这种生死存亡的时刻到底有多少智慧吧？我要想办法不给它喝最贵的酒。"

他打定了主意。只见他把柜子上的酒壶取了下来，走进里屋，很快就出来了。然后，他又走到酒桶那里做了一个舀酒的动作，还故意晃了晃酒壶给熊看，里头的酒发出哗啦哗啦的声音。熊信以为真，老老实实地接了过来。它丢下柿子和木天蓼，抱着酒壶，摇晃着肥胖的身躯，顺着前面的山路，跑得无影无踪了。

---

① 木天蓼：一种落叶灌木，椭圆形的黄色果实可食用。

18

茶馆主人长年住在山上，听说过野兽有仁慈心、有礼貌的传说，他知道熊是来买酒的。

"山里的野兽们也许有什么活动吧？"他想。

值得庆幸的是，自己没有什么大损失，就巧妙地化险为夷了。

"在山上待久了没好事，还是快点下山回村吧。"茶馆主人想。

这天，山里的野兽们听从老猴的指挥，排着整齐的队伍从一座山峰走到另一座山峰。可爱的兔子走在前面，接着是狼，然后就是带着酒壶的熊，以及狐狸和小松鼠，刚好是跟老猴那天在岩石上看到的天上的队伍，是一样的队形。山里已经没有人的足迹了。如同在心底里惋惜即将离去的美丽的秋天一样，动物们还是在清静的山里兴高采烈地玩了一天。很快，它们的队伍就走到了一片高高的空地上。它们一定在那里表演了除了天上的神明没有人能知道的绝技，并尽情地欢乐了一番。

那会儿，山顶茶馆的主人正慌慌张张地准备下山呢！酒桶上面还放着熊拿来的柿子和木天蓼。回到村子里之后，他肯定要大吹大擂一番的！由于直到明年夏天有人来山上之前，他不会再来这座小屋了，所以，他把一个个关闭的门窗都用钉子给钉死了。他一边叮叮当当地挥舞着锤子，一边想："我往醋里面掺了水，野兽们不知道酒的味道，准以为人喝的就是这种东西。也许它们会发现那不是酒？"

山里十分安静，红叶红得好看极了，可他心里却有一种不安的感觉。一走下山顶，就听到边上竹林里传来了一阵哗啦啦的声音，他以为是熊来报复了，顿时吓得腿都软了。可是，原来那只不过是一阵西风。夕阳从高高的山峰上滑过，卷着雪花，坠入了黑云的旋涡里。

羽衣物语

一

　　从前，松树比现在还要绿，沙子的颜色也比现在还要白，日本的景色很美很美。

　　恰好是两千多年前，三保的松树林一带住着一位年轻的水手。一天早晨，东边的天空终于开始渐渐泛红的时候，他跟往常一样，准备驾船出海，便离开家向岸边走去。

　　森林的轮廓模模糊糊，周围的田野还笼罩在一片晨霭之中，不过，喜欢早起的黄莺和山鸠已经开始在什么地方欢快地叫起来了。富士山清晰地浮现在远处的天空中。

　　仰望着富士山，年轻人谦恭地正襟而立，合掌而拜："请保佑我今天也身体平安，无灾无难，过着幸福的生活。"这样祷告之后，他就会感到神清气爽，心情愉快，迈出的步子也更有力了。

这时，不知从哪里飘来一股扑鼻的松香味。不觉之间，已经来到了松树林。透过树木的缝隙，可以看到浩瀚的蓝色大海、平稳起伏的波浪……大海似乎还没有完全从睡梦中醒来。

"哎？"年轻人突然停止了脚步。因为在前面朦胧的晨霭中，有一个奇怪的东西映入了他的眼帘，一个耀眼的东西挂在松枝上，那是他从来也没有见到过的东西。

"是只长尾鸟吧？多么漂亮的大鸟啊！"年轻人不禁睁大了眼睛。

如果是鸟落在那里，走过去，它就会飞跑的，年轻人犹豫着，悄悄查看了一下情况，但是那只鸟并没有要飞走的迹象。风吹得那只鸟翩翩舞动，看着看着，他渐渐觉得那不像是鸟，而是像一件薄薄的衣裳。

"不管怎么样，先过去看看再说。"年轻人小心翼翼地一步步走了过去。

挂在树枝上的东西果然是一件光彩夺目、晶莹透明的女人的衣裳。稍微离开几步看去，衣裳放射出光彩耀眼的光芒，宛如一道彩虹，又像是一片被切断的霞光。

"这究竟是谁的衣裳啊？"

年轻人百思不解。

松树林里静静的，只是偶尔传来小鸟的叫声，他环视了一下周围，根本没有人。

年轻人第一次看到了这么美丽的衣裳，他想摸一下，可又怕用手去摸不好，不过最后还是因为太好奇了，鼓起勇气把它取了下来，细细地端详着。

"这不是人穿的衣裳，一定是在天上高高飞翔的鹭或是鹰从什么地方叼来挂在这里的。不管怎么说，是一种难得的宝物。能得到这样的宝物，自己是多么幸福啊！如果给村里人看了，想必大家一定会羡慕不已吧！"年轻人喜形于色了。

正当他双手恭恭敬敬地捧着那件衣裳、要离开那里的时候，背后响起了轻轻的脚步声，有一个宛如铃声般清脆的声音叫住了他："喂！喂！"

年轻人惊讶地回头一看，又是一惊。因为那里站着一位光彩照人的丽人。

"那是我的衣裳，请还给我吧。"那位美丽的女人说。

二

听到她的声音，看到她的样子，年轻人简直不敢相信自己的眼睛了：这难道会是这个世上的人吗？他不知怎么回答才好。

"请把那件衣裳还给我吧！"女人又重复了一遍。

知道女人是衣裳的主人，年轻人刚才那场快乐的梦破灭了，他失望了。一想到就要永远失去这件宝物，就更觉得可惜。

于是，年轻人弯下身子恳求说："我好不容易才捡到的，你就当作丢了，把它给我吧。"

听了这话，女人瞪大了眼睛，惊诧不已地回答道："你说什么呀！那件衣裳怎么能给你呢！不穿上它，我就回不到天上去了。"

"哎呀呀，那你确实是仙女了！怪不得我觉得世上怎么会有这么完美的人呢！"年轻人忽然改变了态度。

被一个陌生人这么端详，仙女害羞地一直垂着头。

"传说中的仙女的羽衣，就是这个样子吗？"

"是的。"

怪不得会觉得无比美丽呢！原来是仙女啊！年轻人激动的心情久久不能平静。但是，自己一直相信仙女是在天上的，怎么会下到这里来了呢？

"你怎么会下到这里来了呢？"年轻人不禁向仙女问道。

仙女被这么一问，犹豫了一下，然后，抬起头回答："这里的景色太美了，所以我就忍不住下来了。"

当知道不仅是人会为美好的东西而陶醉，连住在天上的仙女也一样之后，年轻人觉得自己想得到漂亮的羽衣也不是什么坏事。于是，就更加执拗地向仙女请求道："也许是一个无理的请求，但我还是想请你把这件漂亮的衣裳送给我，我想把它当成我的传家宝。"

听了这话，仙女惊呆了，半晌说不出话来。

"你就不能答应我吗？"年轻人说。

仙女脸上露出痛苦的神色，她终于开口了："如果不穿上这件衣裳，我就再也不能回到天上去了。对于人来说它毫无用途，但它是仙女必须穿的衣裳。"说完，仙女又垂下了头。

年轻人一句不漏地倾听着，一听说仙女如果不穿羽衣就回不到天上去了，便觉得这对于可怜的自己是多么幸福的事情啊！他想，这样就可以把这位美人带回村里去，永远地把她留下来了。

"听你这么一说，我就更不能把这件衣裳还给你了。"

"那是为什么呢？"

仙女惊诧地抬起头，睁开水灵灵的大眼睛，看了看年轻人。

"因为你比羽衣更加美丽。你说没有羽衣，你就不能回到天上去，而我正想永远地把你留在我身边呢，所以不能把羽衣还给你。"年轻人老老实实地说。

仙女的身体由于过分恐惧，颤抖起来，脸色也变得苍白了。看到这些，年轻人想，自己之所以这么说，只是想待在仙女这样的美人身边，并没有什么恶意。他希望仙女能理解自己的这种心情，于是又诚恳地诉说起来："仙女，这样说很不好意思，但是我还是要说，我还是独身一人。如果你愿意的话，就请做我的妻子吧！为了你，我愿意献出自己的性命。不过，身为凡人，爱上了天上的你可能不够谦恭，但是，如果神和人的爱美之心都是一样的话，就请你答应我的请求吧！"

仙女被年轻人的一颗纯洁的心感动了。她觉得自己也有错。事情发展到这一步，还是怪自己太轻率。她后悔地想，如果不是自己草率地下到地上来，也就什么事情都不会发生了。

三

紫色的富士山，舒展着长长的山麓。黑蓝色的大海掀起滚滚海浪，拍打着宽广的山麓边上的海岸，雾霭笼罩的松林，白色沙滩的海岸，看上去，如同是一片锦绣的织锦，连仙女也不禁忘我地陶醉了。

仙女不知道会招来这样的灾祸，她舒展长袖，趁着没人，如同孔雀飞舞一般地匆匆落到了松树林里。

湿润而柔软的土地，碎水晶般的海水，仙女想尽情地享受这一切，便脱去了缠在腿上的羽衣，挂在松枝上，然后光着脚，向岸边跑去。

她把脚浸到冰冷的水里，与低声细语、涌来涌去的细浪玩了起来，不知不觉忘记了时间。东方的天空已经泛出了微红。看到这些，仙女才想起要在朝阳初升之前返回天上去，便急忙返回松树林去取羽衣。

然而，那件宝贵的羽衣不知何时落入了人的手里。这时，年轻人又悲切地说："我这么苦苦哀求，你却什么话也不说，你是不明白我的心吗？"

听了这话，仙女回答说："不是的，怎么会不明白呢？虽然天地有别，但是感情是一样的，善、恶、悲、喜也是没有什么不同的。"

"那你能答应我的要求吗？"年轻人用充满希望的眼神望着仙女。仙女犹豫着说："住在天上的我，对地上的生活一无所知。"

"你刚才不是还在说感情是一样的吗？"

"我那么说，是因为我明白了你的真心，感到高兴。这样一想，我就更要让你幸福了。可是我对地上的生活一无所知，怎么能使你幸福呢？"

"不，只要你待在我身边，我就满足了，那不知会给我增添多少力量。我可以到山上去砍柴，也可以下海去捞鱼，一点也不会让你受罪。"年轻人坚持着自己的想法。

可怜的仙女大概是因为太苦恼了，花一样的容颜不免有些失色，显得苍白，一下子变得憔悴起来。

看到这里，年轻人心疼起仙女来了，显得忐忑不安。

"仙女，都是我不好。说这些任性的话折磨你，实在是不应该。请原谅我吧！"他深深地垂下了头。

这时，仙女抬起头，眼里闪现着泪花，说："人尽人的义务，是一件很尊贵的事情。但无论什么人犯了错误，都必定会发生不幸的事情的。所以，还是请让我返回天上去吧！"

年轻人被仙女无比的善良、无比的正直感动了。当他认识到是自己不对时，他觉得自己站在这里，简直无地自容了。

"你在天上做什么呢？"年轻人问。

"我是侍奉神明的。我在云彩上用五彩织布。有时还作为神明的使者，在星星的世界里飞来飞去。"仙女回答。

年轻人恭恭敬敬地把羽衣递到仙女面前，说："请你收下吧。我还有一个请求，我真是不好意思说出口，为了让我能永远记得曾经见到过美丽、正直的你，请你给我留下一件什么纪念品吧！你能不能满足我这最后的一个要求？"

"因为我所有的东西都像这件羽衣一样，是用彩虹和霞光编织的，所以如果到了人的手里，是不会成为有形的东西永远地留下来的。一旦在人间遭受了风吹雨打，立刻就会破碎。不过，像你这样老实厚道的人，接受了我给予的东西，一定会永远留在心里，使你终生幸福的。"

"那是什么珍贵的礼物呢？"

"不是有形状的东西。我刚才说过了，有形的东西肯定都会破碎的。只有无形的、留在心里的东西，才是永远也不会毁坏的宝物。"

"您说的宝物是什么？"

"我想让你看看人连在画卷上都画不出来的仙女之舞。"

听了这些，年轻人的脸一下子变得开朗起来，他微笑着说："是民间传说里说的至今还没有一个人看到过，但看到的人可以忘记这个世上的忧愁和岁月的仙女之舞吗？那可真是太荣幸了。"

这时，突然间不知从哪里响起了笛声，还有与此相配的鼓声，年轻人不由得转过头去，入迷地听着美妙的音乐。

他一看，仙女已经飘到了天上。年轻人还在发愣的时候，仙女甩动长长的袖子，垂到了年轻人的头顶。当袖子垂到伸手可以抓到的地方时，却又像上升的云彩一样，被高高地拉了上去。音乐突然变得激昂起来，仙女翩翩起舞。不知不觉中，她渐渐地升高，身影越来越远，越来越小，最后消失在霞光的深处。

不知什么时候，美妙的音乐停止了，但那乐曲声却还久久地回荡在轻轻吹拂的晨风中。

一直坐在海边沙滩上的年轻人，终于像是如梦初醒似的站了起来，他环视了一下四周，既没有仙女的身姿，也没有羽衣的影子。

只有辽阔无边的大海和郁郁葱葱的松林以及永恒不变的富士山。后来，年轻人正直而又愉快地度过了漫长的一生。

当他工作劳累了的时候，总是仰望着天空，回忆起仙女。不可思议的是，仙女竟然会从云彩缝里用星星一般的目光望着人间，抚慰、鼓励他。

让国王感动的故事

在这个世界刚刚被创造出来的时候，一共有三位美丽的天使。老大是一位温柔善良、寡言少语的姐姐，老二是一位容貌美丽、双眸明澈的妹妹，最小的弟弟是一位快活、诚实的少年。

因为是最开始被创造出来的，所以他们必须改变一次样子。

"你们好好想想，可以变成自己所希望的样子。不过，一旦改变了，就永远也回不到原来天使的样子了，所以你们要好好想一想啊。"上帝说。

三姐弟分别在想，变成什么样子好呢？变了样之后，就再也不能相见了，也不能像现在这样三个人亲亲热热地在一起说话了。姐弟三人对此感到非常伤心。

性格脆弱的妹妹眼里噙满了泪水，垂下了头。这时，刚毅而孤寂的姐姐，和蔼地安慰妹妹说："即使离得再远，但只要我们能每天晚上相望就行。"

三个人终于下定了决心。就这样，当上帝问他们想变成什么的时候，刚毅的大姐就说："我想变成星星。"

二妹妹说："我想变成鲜花。"

而小弟弟则说："我想变成小鸟。"

上帝听了他们的回答，便一一满足了他们的愿望。这样，姐弟三人终于变成了星星、鲜花和小鸟。

星星虽然每天晚上在天上闪烁，但是因为与地面相隔几百万里，所以，已经再也无法说话了。尽管如此，鲜花还是每晚面向天空，吮吸着星星为她降下的露水。变成了小鸟的弟弟，虽然天一亮，就飞到二姐鲜花的身边玩耍、鸣叫，但再也见不到大姐了。因此，在拂晓，在星星们躲起来之前，小鸟就会急忙起身，仰望着在天空中孤寂地闪烁着的大姐的身影。

三位天使为什么要做出这样的选择，而没有考虑像以前一样，一起愉快地生活呢？

后来，又过了几个世纪后，出现了掌管人世的国王。

国王是一位极其勤劳的人，日出而作、日落而息，而且对什么都感兴趣。比如，见到蚂蚁时，就会感叹："啊，蚂蚁真是令人感动！"

见到蜜蜂时，又会感叹："啊，蜜蜂真是令人感动！"

但是，当国王看到盛开的美丽鲜花时，却会觉得鲜花是一种很懒惰的东西。还有，当看到星星时，会觉得星星只是那么一闪一闪的，有什么用呢？听到小鸟在吵吵闹闹地欢叫时，会觉得小鸟实在是一种让人讨厌的东西。

这时，一位神奇的魔法师来到了国王身边。这位魔法师依靠魔法，不单可以揣想遥远的往事，也可以预知几千年以后将要发生的事情。

国王立刻就问魔法师："那些星星到底是什么？为什么每天晚上都在那么高的地方闪闪发光？"

这是太古时候的事情了，也就是人们对星星、鲜花和小鸟，对所有的事物都感到奇怪的时代。所以，国王提出这样的疑问也是理所当然的。魔法师在大宅院里点起火，对着在天空闪烁的星星祈祷。祈祷了一会儿之后，无论多么遥远的星星，魔法师都可以与其对话了。

但是魔法师与星星的对话，国王的耳朵是根本听不见的。

"为什么会有星星呢？"国王问。

"几千年前，有三个和睦相处的天使姐弟。在这个世界刚被创造出来的时候，上帝就命令他们变成各自想变的样子。这样，孤寂、寡言的大姐就变成了星星。"魔法师回答道。

国王听了这话，点了点头。

"可是，为什么每天晚上都要在天上闪耀呢？既不像太阳那样送来温暖的阳光，又不像月亮那样能够照亮夜路。到底为了什么整夜地闪光呢？"国王又问。

于是，魔法师又向星星提出了这个问题。

星星通过魔法师，回答了国王自己为什么变成了星星。

"国王大人，这个世上并非每个人都是幸福的，世上还有很多穷人。出生在穷人家的孩子，晚上会被冻醒。有的时候，天已经很黑了，可是出去干活的父母还没有回到家里。每当这种时候，孩子们就会伤心地哭泣。我要为他们的平安祈祷。还有那些失去父母的不幸的孩子，以及家里只有父亲、没有母亲的孩子。这些孩子到了晚上就会在半夜里醒来哭泣。我要透过破房子的缝隙，照顾安慰这些孩子。所以，我就变成了星星。"

听了这番话，国王为星星善良的心肠深深地感动了，从此，变得尊敬起星星来了。

接着，星星又把妹妹变成鲜花，弟弟变成小鸟的事情告诉了国王，国王听了之后，又想通过魔法师了解他们的想法。

魔法师走到美丽的鲜花前面，同样地祈祷了一番。鲜花通过魔法师回答国王说："姐姐变成了星星之后，我就变成了鲜花。我的确是穿着美丽的衣裳，但并没有偷懒。人们健康地活在这个世上的时候，互相安慰，也互相走访，可一旦死了埋进坟墓之后，就很少再有人来探望了。我就是为了安慰那些可怜的故人，才变成鲜花的。而且，无论是白天，还是夜晚，为了安慰灵魂，我都在墓前散发出香味。"

国王听了这番话，深为鲜花的高尚品格所感动，永远地热爱起鲜花来了。

最后，国王又命令魔法师问小鸟："那个吵吵嚷嚷的小鸟又为了什么呢？"

魔法师让小鸟落在自己的拐杖上面，同样地祈祷了一番之后，小鸟讲了起来："两个姐姐变成了星星和鲜花之后，我就变成了小鸟。并不是为了在山野里飞来飞去地玩。每天都会有一些翻山过河的旅人在赶路，可是有些人因为劳累过度，会熟睡过去。其中有些人，家里有孩子在等待着父亲的归来；也有些人，家里有得了重病、在盼望儿子早些归来的年迈的父母。就是为了给这些旅人消除疲劳，就是为了能够让他们早上愉快地醒来，我才鸣叫的。"

国王终于明白了弟弟变成小鸟的良苦用心。当得知姐姐、妹妹和弟弟都是为他人着想才变成现在的样子之后，国王深受感动。国王将小鸟作为永久的和平的象征。

从那以后，已经过去几万年了。星星、鲜花和小鸟一直都为人们所喜爱，被诗人所歌颂。三姐弟在拂晓时，虽然不能说话，但是可以见面，而且永远生机勃勃地互相安慰着。

万的死

　　万是个老实厚道，而且表里如一的人，因此深受村里人的爱戴。小学一毕业，就被雇到村公所当勤杂工。他是母亲一手拉扯大的，可是母亲也早早就死了，剩下他孤零零一个人。也许正是因为这些才勾起了人们对他的同情，平日无论他走到哪里，大家都不会讨厌他。

　　"你也该早点娶个媳妇了。"有人从心底里可怜孤独一人的万。

　　"我还没有那种心思。"万摇了摇头。他不单单是觉得为时过早，还因为后悔自己没能让一直受苦受难、已经死去的母亲过上好日子。

　　万的母亲非常温柔。因为他早早就死了父亲，所以母亲特别可怜他，加上这个世上又只有他们母子二人，

37

相依为命，所以也在情理之中。

有一天晚上，万在灯下复习功课。母亲戴着眼镜，在帮着人家做针线活。窗外含着雨意的风猛烈地吹着。这一年的年末就要到了。母亲不知想起了什么，忽然跟万说了起来："那是你还不懂事时的事了。这个村子里，有一位叫阿鹤的孝顺姑娘。也是快到年底的时候，有一天，她把做好的东西送到城里的批发店，领了钱回家，可是在半路上，那些钱全都被人偷走了。可怜的姑娘便投河自尽了。"

听了这些，万抬起了埋头读书的脸。

"钱被谁偷走了？因为这就死了吗？"他反问了一句，想知道得更详细一点。

"你不知道，如果没有那些钱，家里人就没法过年了。她下面还有很多小弟弟，而且父亲又病倒了。"

"那么重要的钱，怎么会被偷走了呢？"万百思不解地歪着头。

"那是因为姑娘还年轻，也难怪她会丢东西。好像是小偷趁着她站在无声电影院前面，看着照片发呆的时候偷的。人不顺的时候，什么都不顺。等她发觉的时候已经晚了。没办法，阿鹤又返回了批发店。"

"太可怜了！批发店大概不会借给她钱吧？"

"是的。阿鹤求老板，说以后干活还债，请他把钱先借给她。无情无义的老板冷酷地拒绝了。"

"他怎么说？"万的脸涨得通红，抑制不住感情了。

"他说你太会打如意算盘了，年底资金周转这么紧张的时候，自己不小心丢了钱，还要再借，这怎么可能呢？我这儿忙着呢，没工夫听你啰嗦。不管你怎么说，今天就是不行！"

"不就是因为没有办法才借钱的嘛！后来呢？"

"家里人左等右等也不见阿鹤回来，于是乱了套。不知什么时候，全村的人都跑了出来，找呀找，一直找到深夜也没有找到。过了两三天，尸首在河的下游浮了上来。那时没有一个人不骂批发店老板的。"

母亲又接着说："可是，还是斗不过有钱人啊！因为得承揽活计，人们不知何时又开始低三下四地求人家了。"

"你说的那家批发店，就是城里那家卖提包的店吗？那么大一家店，又不在乎那么一点钱，到底是为什么呢？"万问。

"为什么？所谓的有钱人，还不都是靠廉价雇用穷人才发的财！说起来，咱们根本就没有必要羡慕他们。"母亲把针凑近灯光，一边屈动着手指，一边说。这时，万眼里闪出了泪光。

后来万进城时，从那家卖提包的店前面走过好几次。

就是这一家吧，每次他都会这么边想边朝里面张望。每次看到的都是顾客在挑选东西，很少看得见老板的脸，不过有一次，他看见一个四方脸、老板模样的男人在用傲慢的口气跟人讲话。仔细一看，发现他大白天就喝了酒，脸红红的。瞧不起对方，大概是因为别人有求于他吧！

　　每次万从姑娘投河自尽的那座桥上走过的时候，都会停下来，倚在栏杆上，凝视着河水陷入沉思。有时，寒风会像哭泣一样地吹过河面。夏日的傍晚，火烧云映在河上，好像流淌的血。他又想起了母亲讲的那个不幸的阿鹤姑娘。

　　"没有什么比生命更宝贵了！为什么一定要去寻死呢？可是，我那时还太小，无能为力啊。"他自言自语道。

　　他当时在想些什么，没有人知道。天生沉默寡言的万，很少把自己想的事、考虑的事说给别人。在村公所工作之后，他只是认真地干活。不过，一旦得到了什么好吃的东西，不管在什么人的面前，他都会毫无顾忌地说："真想让母亲尝尝这种东西啊！"

　　而且，他眼前马上就会浮现出母子俩度过的那些凄凉、贫穷的日子。当有了什么好看的活动，他也肯定会说："真想让母亲看看这种场面啊。"

　　他又想起了那个没有一点欢乐、为了抚养唯一的孩子而埋头干活的悲惨的寡妇。可是就连这些，他也从来没有对别人说起过，所以，他是一个多么正直的人，没有人知道。

平常，他有时住在村公所里，有时回到自己破旧的家里。可是，不知从什么时候开始，一个奇怪的谣言在村子里传开了。对于那些平时熟悉万的生活、认为他是一个正直的人来说，实在是一件很费解的事情。

"万单身一个人，凭他的工资，不会不够花呀。"听到一个人面带愁容这么说，另外一个人回答说："还是让他早点娶个媳妇好。一个人，总免不了要到外面去玩。"

"不过，他不像是那种人，大概是在存钱吧？"

"有跟人借钱来存钱的吗？毕竟是个年轻人，说不定还是去外面玩了吧。"

有些人甚至站在路上议论这件事情。想到这些，又有另外一些人在议论："最近万还是有点不对头啊，说不定是在赌博呢！"一个似乎很有头脑的人歪着头这么一说，又有人回答："不，像他那么正经的人是不会赌博的。不过，还是有点奇怪，再等等看吧。"

"跟你借了多少钱？"

"倒不是很多。正因为如此，所以我才觉得奇怪呢！如果想还的话，随时都还得起……"

这样议论万的人，都是村里那些有名的财主或是富人。这样看来，万借钱的人似乎只限于那些有钱人。无论在任何情况下，万都不会从那些每天辛苦度日的人那里借钱。正因为如此，有钱人开始渐渐地讨厌起万来了。可他勤奋的生活态度和作风还像过去一样，这是大家有目共睹的。

这天，万和往常一样，从村公所下班回来以后，就到山里拾柴火去了。这是一个寒冷的阴雨天，天黑了，他才背着重重的柴火，冒着雨回到家里来。他着凉感冒了。从那天夜里起，万高烧持续不退，请医生看过后才知，是得了恶性肺炎，邻居们尽心尽力地去护理，可最后万还是死了。

万的葬礼很冷清，只有几个认识他的村里人参加。当天，当棺材出了村，来到山脚下的墓地时，不知从哪里跑出来很多乞丐和流浪儿，他们列队跟在棺材后面。村里人愣住了。

年轻的村干部说："今天可没有什么东西施舍给你们。"

听了他的话，其中一个老乞丐回答："我们不是那个意思，我们是来送葬的。"

听了这话，村公所的人和村里的人都感到很奇怪，一时无法理解。

"你们为什么要这样特意跑来为他送葬呢?"留着胡

子的书记问最前面的一个无家可归的少年。

"因为死去的叔叔，是一个对我们非常善良的好叔叔。"少年回答。

"是嘛，怎么对你们善良了？"

不光是这位书记，一行人都对这个意外的回答感到吃惊，忍不住看着少年。

"我们要不到饭回来后，就会挨头儿骂。那个时候，只要去求叔叔，他一定会给我们钱的。"

"我三天没吃上饭的时候，是叔叔救了我。"另一个少年说。

人们这才知道，原来这些人都是得到过万的救济的。

这才解开了那个长期未解的谜，原来万向有钱人借钱，是为了施舍给这些人。

万和母亲被并排埋在了松林里。在那个新土的坟前，也不知是谁，每天都会献上新的野花和山草。到了明月当空的夜晚，这一带还会响起笛声，如同在安抚万的灵魂一般。而当它传到村里人的耳朵里时，则是一种凄凄切切的曲调了。一些有心人开始思考起什么叫人生来了。

他的本名不是叫万三，就是叫万藏，但村里人一直都叫他万。

小小时针的走动声

　　乡下小学里有一位青年教师。这位青年真心地教着孩子们。

　　在偏远、缺少变化的乡下待了两三年，青年想到城里去学习，闯一番新天地。于是有一天，他把平时教的学生们召集到自己的面前，说："每天在学校一起学习，一起生活，好不容易跟大家熟悉了，可老师想再去学习学习，所以只好跟大家告别。请大家好好学习，长大成为一个出色的人。"

　　听了这些话，孩子们眼里蓄满了泪水，垂下头。同学们都为与这位亲切的好老师分手，感到由衷的悲伤。

　　学生们聚在一起，商量送老师一件什么纪念品。送什么好呢？这时，一个小学生说："老师还没有怀表。"

学生们对老师的事了如指掌。对，为了让老师永远地记住自己，他们决定给老师买一块怀表。

因为是给老师买表，大家都高兴地凑起钱来。然后，派几个人做代表，到镇上去买回来一块怀表。每一个学生都用可爱的小手，把怀表捧在手上看了一遍。想到老师会一直把这块怀表带在身边，他们心里格外高兴。

年轻的老师收下这块饱含学生一片真情的怀表，不知有多高兴了。他谢过他们之后，就告别了孩子们和这座远离都市的偏远的乡村，向城里出发了。

他来到了城里。他用自己多年当教师攒下的钱，租了间小房子，勤奋苦读。春夏秋冬就这样过去了。当他看到放在桌子上的怀表，一刻不停地滴滴答答地走着时，不禁回想起自己生活过的那个偏远的乡村来。

"那些孩子们都长大了吧？他们还在那个可以看得见树林，看得到大山的学校里学习吧……"这么一想，一张张眼睛滴溜溜转个不停的可爱的小脸，就会浮现在眼前。

他似乎受到了鼓舞，又坚持学习下去。接着，他参加了被称为迈入社会关口的难度极大的考试。他幸运地通过了。

就这样，他在那座偏远的乡村小学时，在脑子里描绘的梦想已经实现了一半。后来，他去了官厅任职。还搬到了舒适的公寓里。每天早上出门前，他都不会忘记给怀表上弦。小学生们送给他的这只怀表，从来没有离开过他的身边。从前住在那个小房子里时，有一天不当心，表掉到桌子上，背面被桌角撞出了一个小凹处。从那天以后，每天上弦时，他都会看到那个伤痕。

"真可惜！"一开始，他还会用指尖去抚摸伤痕。不过后来就不再抚摸了，倒不是忘了，而是渐渐地不去看它了。

数年后，他从官厅调到了一家公司，而且还升为一个要职。

他换了衣装打扮。还不仅仅是衣装，所有的一切都发生了变化。他觉得挂着那块老式的廉价大怀表去公司上班，太不雅观了。

"这块表已经用了好多年了，也该让它休息休息了。用了这么久，也可以了。"他想。

他把这只怀表卖给了一家旧货店，然后，买了一块新款的小表。不过，买了新表，出了表店，来到热闹的街上的时候，他还是不由地想起过去自己当教师时的那座偏僻的乡村小学和周围的景色来。

可是，对于现在的他来说，回想过去的那个寒碜的自己，简直是一种痛苦。太无聊了，根本就没有必要那么厌世。他觉得所谓的过去，都充满了阴暗。

又过了许多年，他当上了公司最有权势的董事。看着他今天的这个样子，又有谁会想象得出他从前穿着皱皱巴巴的衣服，在乡下小学里教一群流着鼻涕的孩子们的那个寒酸样子呢？

他仰坐在一张显赫的大椅子上，留着整齐的分头，嘴上的胡须剃得短短的，戴着一副金丝边眼镜，而且，还穿着一身最新潮的西装。灰色天空的光线透过玻璃窗射了进来，照射在白金的表链上，反射出微弱的光。

自从他把那块老式的大怀表卖了以后，到今天，已经不知道换过多少块表了。

最后是一块金表。有一天晚上上弦时拧过了头，把发条给拧断了。虽然马上就拿去修了，但他觉得没必要再用这块出故障的表了。

于是，他用这块白金的表取代了那块金表。虽然他现在带的是一块价格昂贵的白金表，但因为不是全自动的，所以每天总会比标准时间慢三分钟。

自己竟然没有一块完美无缺的表，这让他非常不满。不过，他想，起码这块白金表应该不会不准啊。一到公司，他就让勤杂给气象台打电话对时间。又来了！勤杂一看到他那张脸，差点说出口。当得知这块表还是慢了三分钟时，他就不能说自己的表准，说标准时间是错的了。他不知道怎样才能得到一块准确的表，茫然地靠在椅子上，反正他也没有什么事情做，便胡思乱想起来。

一天，他趁着大家工作休息，从兜里掏出那块白金表，一边叹着气，一边自言自语地说："怎么会慢呢？"

部下听了这话，纷纷附和起来。

"我们这种表反正是便宜货，要快七分钟呢！"一个人说。

另一个又说："我的表老是停……"

听他这么一说，大家都笑了。

"七分钟还算好的了，我的慢十分钟呢！"那边也有人说。

这时，他们中间的一个人说："我的表非常准确。"

董事握着白金表，朝说这话的人那边望去。只见他的眼里含着一丝轻蔑。

如果对照标准时间，肯定也不准。他在心里嘲笑道。

不过，这话他没有说出口，而是温和地说："来，让我看看你的表！"

说自己的表准确的那个男人，一下子不好意思起来。

"我的表，是一块老式的大表。"他说完，挠了挠头，大家哄的一声笑了起来。

那个男人大大方方地把自己的表拿到了董事面前，放到了桌子上。

他把男人递过来的表拿了过来，看了起来。当他看到表背面的那个小小的凹处时，不禁惊讶得脸色大变。

不过，边上的人不可能发现他这种微妙的心理变化，最多只会觉得有点奇怪：董事怎么会这么热心地凝视着这块无聊的表呢？

"我用这块白金表跟你换，怎么样？"董事说。

大家觉得如果董事是在开玩笑，这玩笑也开得未免太认真了吧？大家都不知是怎么一回事，谁也没敢笑。

"我是真的想跟你交换！"这次是董事在请求了。

大家以为那个男人肯定会高高兴兴地交换的，甚至用一种羡慕的眼神看着他。

男人好像是想起了往事，平静地说："这块表对于我来说，是一件难以忘怀的纪念品。当我还是个体力劳动者时，好不容易才从路边的摊贩那里买到了这块表。从那以后，这块表就与我同甘共苦，直到今天。所以我不能把它卖掉或是换掉。如果您要是能珍惜它的话，我就把它送给您。"说完，男人就把这块表赠送给了董事。

董事被这块表的奇遇以及这个男人的话感动了，但是，他没有勇气把这些话说出口，相反还在掩饰自己惊慌的神色，故意问道："你说是在路边的摊贩买的，那它能准吗？"

男人听了，骄傲地盯着董事，回答说："一分钟不差。甚至可能一秒钟都不差。每天都和标准时间一致。"

听了这话，公司里的人没有一个不觉得奇怪的，尤其是董事，更是大吃一惊，那村子里的孩子们送给自己的表，原来是这么的准啊！

他收下了男人给他的怀表，回到自己家里。倘若这不是自己过去的那块表的话，他肯定不会收下的。

这天，他一直把这块表摆在面前，久久地凝视着。忘却的往事，又历历浮现在眼前。当他久久地凝视着它的时候，他从这块表那暗淡的光芒中，回忆起了自己勤工俭学的时代。同时，那个男人讲述的过去，像幻影一样浮现在了他的眼前。他甚至还产生出一种心酸的感觉。临睡前，他把它放在了枕头边上，一边听着那滴滴答答走动的声音，一边安稳地睡着了。

他站在那所贫寒的乡村小学的讲台上，风从门缝里吹进来，破烂的拉门呜呜地叫着。他还年轻，穿着皱皱巴巴的衣服，但他却满怀激情地看着孩子们的脸。

"同学们，你们长大了，要做什么样的人？"

他这样问学生们。于是，下面举起了一只只可爱的小手，老师！老师！响起了争先恐后的叫声。他指了指他们中间的一个人，那个孩子站起来回答："我要做一个好人。"

他又问那个孩子："好人是什么样的人？"

那个孩子毫不犹豫地仰起苹果般的小脸，回答说：

"做一个为社会出力的人。"

他不由得被孩子的纯情感动了。就在这时，他从梦中醒了过来，一下子坐了起来。接着，他回顾了十几年前的那些往事。

"啊，我至今为止，到底为社会做了些什么呢？"他想。时针滴滴答答的走动声，听上去就像是孩子们天真无邪的笑声。

大雪到来之前高原上的故事

这是发生在险峻的高山脚下的荒原上的故事。

山里挖出了煤。矿车每天把煤从山上运到山下。装着煤的矿车发出咣啷咣啷咣啷的声响，在铁轨上奔跑。每当这时候，车厢里的煤都会闪动着漂亮的牙齿，开心地笑。

"我们被从黑暗、阴冷的矿里挖出来，来到了这个光明的世界。映入眼帘的每一件事，都是这样的新鲜。不知我们今后会被送到什么地方去？"长得一模一样的煤互相聊着。

沉默的车厢对此不作任何答复，不过，不如说对此一无所知更合适。但铁轨却知道得很清楚。为什么呢？因为它在造自己的工厂里曾经看到过很多煤，所以知道。现在听到煤在一起谈论自己的去向，就想让他们高兴一下。

"你们今后将去一座热闹的城市，在那里劳动……"铁轨说。

突然听到铁轨这么一说，煤亮闪闪的眼睛睁得老大。

"我们真的会去工厂吗？这些事在山上的时候就听说了。既然那样，我希望自己能被送到更远一些的地方去。我想尽量多看看新鲜事。以后我们会怎么样……你知道吗？"煤问。

铁轨考虑了一下，说："我看见你们先是红着脸在劳动，然后就不见了。说是接连不断地升上了天空。想想看，你们一生的经历是多么的丰富啊，我们永远都要待在这里，动都不能动。"

煤被矿车摇晃着，面带疑惑，因为它们觉得这些话不可全信。

这时，一只蜜蜂落在了旁边一片变红了的常春藤叶子上，想歇一会儿，可是被矿车的声音吵得睡不着，就发起牢骚来："你们的声音也太吵了，吓死人了！"

"你就放心地落在这里吧。天气这么坏，哪里也去不了。原野上一定很凄凉，晚开的龙胆花已经凋零。你再看看天上的白云，跑得多快。你就一直待在这里，等到天晴太阳出来以后，暖和了，你再飞到村庄里面去吧。"常春藤叶子亲切地说。

一棵小杉树听了常春藤与蜜蜂的对话，冷笑道："害怕矿车的声音，害怕这样的天气，那还能在山里生活吗？要是再来一场暴风雨的话，常春藤不知会被吹到哪里去，小蜜蜂也会被冻死。可我呢，却要跟暴风雨和暴风雪搏斗。一直到明年，都不能像过去的夏天那样躺在银色的天空下打瞌睡了……"

变红的常春藤，听了勇敢、年轻的杉树的这番话，不禁觉得自己老了，对自己的境遇感到惭愧，无言以对。正如杉树所说的那样，今天晚上又要刮可怕的风暴了，常春藤一边哆哆嗦嗦，一边仰望着天空。

落在红叶上的小蜜蜂飞了起来，落到了从不远处跑过的煤的身上。因为小蜜蜂想知道这黑黑的、闪闪发亮的东西是什么。

煤不说话，笑眯眯地注视着这个小生物的动向。蜜蜂闻了闻煤的味道，又用小嘴舔了舔，他想用自己那微小的感觉，来判断煤是从哪里来的。当然不可能知道了。

铁轨太熟悉这只蜜蜂了。因为这只生着一对小巧、敏捷而又透明的美丽翅膀的蜜蜂，常常在铁轨旁边的花丛中飞来飞去。

初夏时节，这只蜜蜂和其他的蜜蜂一起，在花丛中造了一个巢。他们每天都到很远的地方去采蜜。铁轨看到，当朝阳如同细细尖尖的光箭一样照在花与花的影子中间时，他们便会顺着铁轨，有的向南飞，有的向北飞。当蜜蜂停在花上孜孜不倦地采蜜时，太阳已经升得老高了。接着，响起了矿车的声音，铁轨开始发热，闪着银色白光的风吹过高原。他们每天干着同样的活。没过多久，产在巢里的卵就孵化了，小蜜蜂诞生了，他们就都不知飞到什么地方去了。留下来的几只蜜蜂直到夏天结束，一直都待在同一个地方。

花朵随着季节的推移，渐渐地少了，凋零了。蜜蜂落在铁轨上，沐浴着阳光，有时甚至一动不动。

"矿车马上就要来了！"有时铁轨会摇醒沉睡的蜜蜂。蜜蜂飞走了。晴朗的天空蓝蓝的。虽然蜜蜂可以自由地飞到任何一个地方，但是他最终还是没有离开这里。

秋天来到了高山上，这里比村子里要冷得早。虫子们在为自己的命运悲伤地哭泣。但是，蜜蜂不像在地上爬行的虫子那么悲伤，因为他想飞到哪里就能飞到哪里。不过，他还是太留恋这片挂着旧巢的地方了。

初夏时节，他们是多么高兴啊。这一带充满了他们明朗的歌声。而且，那些紫色、红色、蓝色、黄色、白色的美丽花朵，还会纷纷赞美他们的身姿，希望他们在自己的身边多停留一会儿。可现在，自己的伙伴们都散去了，美丽的花朵也早就不见了。这样的情景为什么不再复返呢……蜜蜂幻想着这些事情。

太阳渐渐地改变了方向，铁轨上出现了阴影，地面也开始变冷了，当下面的树枝终日照不到阳光时，他便落到了缠绕在高高的树枝上的常春藤的叶子上。不知从什么时候起，这株常春藤的叶子也开始发红了。可是，温柔的常春藤叶子常常忘记自己不久即将凋零，来安慰蜜蜂。

"太阳马上就要出来了。那样天气就会暖和起来……"常春藤叶子说。

然而，年轻的杉树，却在嘲笑周围的草木和虫子。

"我只能一个人搏斗。当你们都不争气地枯萎、凋零、死去的时候，我却要面对暴风雪和暴风雨去叫喊、搏斗。"杉树傲慢地说。

没有人反驳他，因为一切正如年轻的杉树所说。

落在煤上的蜜蜂一动不动，于是，煤就对蜜蜂说："跟我们一起去城里吧，我们早晚是要被运到工厂里面去的。不过，你到了城里，想飞到什么地方就可以自由地飞走。听说城里又热闹又暖和。我们也是第一次进城，听说那里明亮，有各种各样的美好的事物……跟我们一起去吧……"

蜜蜂思考起来。趁着天还不太冷，得赶快找一个藏身之处。是留在这片原野上，还是去煤即将奔赴的城市呢？要好好思考一下才行。听上了年纪的伙伴们说，冬天下雪时，他们都是在寺院的屋檐下，筑一个藏身之处的……这一带积雪很深，恐怕找不到合适的地方。果真如煤说的那样的话，就到城里去吧！蜜蜂扇动着美丽的翅膀，思考着。

这时，坐在矿车上的工人发现了蜜蜂。

"这附近好像有蜂窝，上次我的脚就被蜇了……"说着，他便抬起脚想踩死蜜蜂。不过，蜜蜂逃离了危险，飞走了。后来，煤受到了牵连，吵成了一团。

蜜蜂想沿着铁轨回到原来的地方去，因为那里有温柔的常春藤叶子在等着他。

蜜蜂沿着铁轨飞翔的时候，第一次注意到铁轨痛苦地弯着身子，在地面爬行的样子。

"你怎么会是这个样子？"蜜蜂问铁轨。

铁轨用严厉的目光抬头望着蜜蜂，怨恨地说："你现在才发现我这么痛苦啊？我早就在痛苦地呻吟了。而且，老朽的铆钉还死死地按住我的身体不放……"

蜜蜂这才知道，原来外表上看去很坚强的铁轨，也有这样的烦恼和痛苦啊，他想再仔细看看，就飞到被铆钉压住的地方查看。

果然，生着红铁锈的老铆钉正拼命地按着铁轨呢。蜜蜂飞到那里停住了，他问："你为什么要那么使劲儿按住铁轨呢？"

"我是受人之命才这么做的。"

"可你跟铁轨本是一家子呀！你们可以称得上是兄弟啊。"因为它们都是用钢铁做的，所以蜜蜂这么说。

"但是，如果我忘记了人的命令，松开手的话，我担心会有不祥的事情发生。"生着红铁锈的铆钉说。

"可是你年纪都这么大了，即使休息一下，也不会有人怪罪你的。"蜜蜂回答。

生锈的铆钉的脸上露出了赞同的表情，它听信了蜜蜂的话。

蜜蜂很快就飞回到发红的常春藤叶子上。常春藤叶子仰望着天空，脸上现出忧郁的神情。

"又要下暴雨了！"

只有年轻的杉树一个人在傲慢地说大话，逞威风。

因为听了蜜蜂的话，生了红铁锈的铆钉不由地松开了按住铁轨的手。于是，铁轨立刻舒展开弯曲的身体。这时，矿车装着其他的煤从山上下来了。刚才的煤现在到了哪里呢？大概还没有到城里的工厂吧？就在落在常春藤叶子上的蜜蜂想着这些的一瞬间，矿车脱轨了！随着一声异样的声响，矿车滑向了一边，翻倒在年轻的杉树的身边，年轻的杉树被煤压弯了。蜜蜂被这突如其来的事故惊呆了，不顾一切地逃到远处的大赤杨那边去了。

这天晚上，高原上下起了皑皑的白雪。

好心肠的老爷爷的故事

长着一对美丽的翅膀的天使，站在一户穷人家门前，担心地频频向里面张望，想知道里面的情形。

外面刮着寒风。星星一闪一闪地在枯树林的树尖儿上放着光，四下里降了一层白霜。天使光脚踩在霜柱[①]上，样子看了让人心疼。

天使似乎忘记了自己身上的寒冷，只是想知道这户穷人家的情形。屋子里点着昏暗的灯光，静悄悄的。还不到睡觉的时候，但却听不见说话声，也听不见笑声。

这时，住在同一个村子里的一位好心肠的老爷爷，在山中的小屋里干活儿很晚才回来，正好经过这里。老

---

① 霜柱：地表结冻时，土中的水分因毛细管现象而渗出地面冻成冰柱并顶起表土形成。

爷爷看见天使，就来到她身边，问她怎么了。

"最近几天，天上要给这户人家送来一个孩子，可是，我很担心。这么冷的天，一想到那孩子说不定要吃苦，就心神不安，我是来察看这户人家的情形的。可是这户人家静悄悄的，一点笑声也没有，不知怎么了。"天使说。

老爷爷听了天使的话，觉得实在是有道理，就点了点头，说："没错。我去问问这户人家的丈夫……"

天使在寒风中消失了。目送着天使的背影，老爷爷忽然明白了上帝这时的心情。

"这户人家的丈夫实在是个让人头疼的人。老婆马上就要生产了，可挣来的钱却全都让他花在喝酒上了……真是够呛！今晚肯定又醉倒在那家酒馆里了……"老爷爷迈开疲惫的脚步，朝村边上的那家酒馆走去。

到了那里一看，果然，那个男人已经在那里喝醉了。老爷爷本想说说他，但是，醉成那个样子，估计说什么，他也是听不进去的。所以，老爷爷决定等到第二天他酒醒透了，再跟他说，于是，就回家了。

这个男人是一个木匠，第二天，他在工地上休息的时候，点上了一堆火。

天气很好。虽然是冬天，但阳光温暖地照耀着大地，小鸟飞到干枯的树丛里欢叫着。蓝色的烟雾在凄凉的田地上空爬行，向林子里飘去。只见那个男人迷迷糊糊的，好像在思考着什么。

"歇着呢？"老爷爷走近年轻人。

年轻人还以为是谁呢，见是好心肠的老爷爷，就说："啊，歇着呢。天气不错，不过，风很大，过来烤烤火吧。"

随后，两人便东拉西扯地聊了起来，过了一会儿，老爷爷说："你们家马上就要生小宝宝了吧？你们如果不想要孩子，有人想要，想不想送人？"

听了这话，年轻人突然发火了。

"我们的宝贝孩子为什么要送给别人？老爷爷不管您人有多好，也不管是不是有人求您，这种话可不能乱说呀！"年轻人说。

老爷爷嘿嘿笑了笑，又说："那是我不好，我看你不顾家里媳妇的情况，也没有准备接生，整天光顾得喝酒，还以为你不喜欢孩子呢！小宝宝要在这么冷的天里生出来，想到这些，你就应该把家里弄得暖暖和和的……不是吗？"

年轻人因为没有喝醉酒，所以十分领会老爷爷说的话。他觉得是自己不好。年轻人挠着头，从心底里感到："是我不好，我真的是还没有考虑孩子的事情。媳妇很任性，稍有不如意的事情，就唠唠叨叨没个完，所以，我总是跑到外面去喝酒，想想，是应该为了孩子忍耐一下……"

老爷爷高兴极了。后来，晚上再经过这个木匠家的时候，发现木匠都在家里，也可以听到他老婆的笑声了，似乎很热闹，也很欢快。

"这下放心了。"老爷爷想。

这是又一天夜里的事情。星光虽然看上去如同冻住了一样白苍苍的，但春天就要来了。老爷爷在山里干活儿很晚才回来，他又见到上次那位天使垂头丧气地站在木匠家的窗下。天使跟上次一样赤着脚，背上长着一对白翅膀。

老爷爷这才知道原来上帝为了给这个世界送一个孩子，竟然如此费心。

"从那次起，这户人家的丈夫已经戒酒了，正在准备接生。可以听到两个人在愉快地说话了，没有什么可担心的了……"老爷爷说。

即使如此，善良美丽的天使好像还是显出一副担心的样子，含着泪水的眼光落到了自己那双让人看着心疼的小脚丫下。

"我是第一次看到您的身影，每一个人降生到这个世界上来的时候，上帝都这么担心吗？"老爷爷问天使。

望着久经风霜的老爷爷的那双清澈的眼睛，天使回答说："每一个人出生时，上帝都会担心，希望孩子能健康、平安地成长，父母也都会爱护孩子。但是不知从何时起，父母只顾忙于自己的事情，忘记了这些。出生前，上帝的力量可以无所不能，但是，一旦成为这个世上的人之后，上帝就无能为力了。上帝本来给予了人感悟一切的能力，但是人如果自己忘记了这些之后，就毫无办法了……"

老爷爷听着天使的话，感到自己的灵魂又回到了遥远的过去，回到了青春时代。那时，自己曾经想着要正直地活着，可是现在回想起来，不知有多少后悔的事情。他想：年轻人应该珍惜今后的人生，活得更有意义……

"我明白你说的话了。我会告诉这户人家的媳妇不要训斥孩子。为了让大家过上好日子，我会尽自己最大努力的。"老爷爷发誓说。

不知什么时候，白天使的身影已经消失了。

没过多久，这家的小宝宝就降生了。后来，这家的媳妇成为了一位非常温柔善良的好母亲，丈夫也成为一位很能干的木匠，看着婴儿的小脸蛋，是两个人最大的快乐和安慰。

每当老爷爷干活回来经过这户人家，看到这种和平的景象时，心里比什么都高兴。

还有，不论看到什么人训斥孩子，老爷爷都会说："不要以为孩子是你生的，就应该属于你。上帝才是这孩子的真正的母亲，不能凭自己的情绪教育孩子。"

村里人都嘲笑老爷爷：这种时候了，还谈什么上帝！

"老爷爷，如果这是上帝的孩子，那人不都成了上帝了吗？可是为什么还有好人，也有坏人呢？"有人问。

这时，老爷爷一下子想起了上次天使说过的话："人出生的时候，被授予了感悟一切的力量，但是，一旦忘记了这些，便无法正直地生活了……"

老爷爷想，即使跟这些人说这些，他们也是不会相信的。更何况，如果说自己看见了长着翅膀的天使，恐怕就连木匠夫妇都不会相信。

想到这些，老爷爷伤心透了。

老爷爷想再见天使一面。要是能那样，这回可要好好看看……而且，要悄悄告诉别人也看看。然而，天使再也没有出现。

不久，春天来了。在漫长的冬天里一直冬眠的草木全都复苏了，天空呈现出翠绿色，和煦的春风吹拂着。老爷爷仰望着天空，默默地致谢。

卖金鱼的老爷爷

好多金鱼在木桶里游来游去。有浑身全是红色的，有红白斑纹的，还有的只有头上有一点点黑的，千姿百态。一位老爷爷将这些金鱼装在两只木桶里，一前一后地挑在肩上，走在春天寂寞的路上。

这些金鱼不是从中间商或是批发店那里买来的，而是这位老爷爷自己从鱼卵开始养大的，所以他就像疼爱自己的孩子一样疼爱它们。

"要把这些金鱼卖掉，真让人心疼啊！"

老爷爷这么想着。

春风温柔地吹着老爷爷的脸。路两旁的紫罗兰、蒲公英和蓟花，开得如梦如幻。远处的原野雾蒙蒙的。

许许多多的回忆出现在老爷爷的脑海里，有欢快的笑声，有伤心的哭声，不知不觉，这些记忆又都消失了，新的幻想又冒了出来。

来到有人家的地方，老爷爷叫了起来："卖金鱼了！卖金鱼了！"

听到叫声，不知从哪里涌出来一大群孩子。一看就知道，这群孩子都是捣蛋鬼，他们会把棍子伸进金鱼桶里乱搅一气。老爷爷可不想把金鱼卖给这些孩子们。

"好漂亮的金鱼啊！"

"我喜欢鲤鱼。"

"鲤鱼住在河里吧。"

"上次我去钓鱼的时候，一条大鲤鱼张着嘴，就在我的鱼钩前面浮了上来呢！"

"是红色的吗？"

"是条黑的。有一点点红。"

"我不骗你。真的。"

这些调皮捣蛋的孩子们已经忘记了金鱼的事，在开始用棍子玩打仗了。

老爷爷面带笑容，望着这些天真无邪地玩耍的孩子们。过了一会儿，老爷爷又向远处走去。他离开村子，走上了一条长长的松树的林荫道。老爷爷在一棵松树下面坐了下来，目不转睛地望着木桶里的一桶金鱼。这样，一条不落，自己养大的金鱼全都看得清清楚楚了。

这些金鱼被老爷爷挑在肩上，走了好长的路，从一个陌生的城镇走到另一个陌生的城镇，从一个村子走到另一个村子，不断地和自己的兄弟和朋友们告别。而且，再也没有机会和那些兄弟、朋友们一起生活，一起游玩了。当然，更不可能再回到自己出生长大的故乡——那个小小的池塘里面去了。

　　虽然金鱼不说话，但是老爷爷很理解金鱼的心情。由于每天在路上晃来晃去，有些金鱼已经相当虚弱了。他把它们放在另外一个容器里，与别的鱼分开。因为欢蹦乱跳的鱼会欺负它们的。这和人类的社会一样。对于弱者，有人怜悯，反过来也有人会嘲笑、欺负他们。

　　老爷爷更加关心那些被木桶撞伤了鼻子和那些由于摇晃而变得虚弱的金鱼了。

　　有一天，老爷爷挑着金鱼桶，吆喝着"卖金鱼了！卖金鱼了！"来到一座小镇。

　　这时，一个十二三岁的少年从一座房子里跑了出来，用亮晶晶的眼睛仰望着老爷爷，说："让我看看金鱼。"

　　老爷爷看出来这是一个老实的好孩子，就把木桶放了下来，回答说："好的，你看吧。"

　　少年仔细地对比起两只木桶里的金鱼来，然后，他把目光转向了老爷爷放在另外一个容器里的那些身体虚弱的金鱼。

"我要买这条圆圆的、长尾巴的金鱼。"孩子说。

"小少爷，这条金鱼好是好，可是有点没精神。"
老爷爷眯缝着眼睛回答。

"为什么没精神呢?"

"走了很远的路，累了，脑袋还给木桶撞伤了。"

老爷爷望着他，觉得这是个善良的好孩子。

"我会精心喂养这条金鱼的……"

"要是那样，金鱼一定会很高兴的。"老爷爷说。

孩子买下了那条圆圆的、长尾巴的有红白斑纹的金
鱼。另外，还买了几条别的金鱼。当少年转身要回家的
时候，他问:"老爷爷，您还会再来这里吗?"

"我明年还会再来。到时，我还会到你家去看金鱼
精神不精神呢!"老爷爷说。

少年高兴地把金鱼装进盆里，回家去了。老爷爷想
着心爱的金鱼未来的命运，慈祥的脸上挂满了笑容，他
挑起担子，回头看了一眼孩子走进的家门，就走了。

"卖金鱼了! 卖金鱼了——"的吆喝声，渐渐地
远去了。后来，老爷爷又走村串镇，从春天一直叫到夏
天。就这样，把自己养大的金鱼卖到了四面八方。

从老爷爷手里买来虚弱的金鱼的那个孩子，很体贴
那条金鱼。一开始，金鱼因为突然离开了大家，显得非

常寂寞。不过，因为来到了安静、明亮的水里，又有两三个朋友在一起，就渐渐地平静下来，恢复了健康。过了五六天之后，就变得跟原来一样精神了。

金鱼从水里看见院子里百花盛开。有一天晚上，还看见了柔和的月光。虽然见不到疼爱它们的老爷爷，但是少年每天都来朝水里张望，喂食换水，热心地照料它们。金鱼渐渐地忘记了老爷爷。

夏天过去了，秋天也过去了，冬天到了，春天又来了。

有一天，少年听见外面传来了"卖金鱼了！卖金鱼了——"的叫声。

"卖金鱼的来了……"说完，他立刻跑出家门。一看，正是自己心里盼望着的那位去年卖给他金鱼的老爷爷。

看到少年，老爷爷也慈祥地笑了。

"小少爷，去年的金鱼还精神吧？"老爷爷问。老爷爷没有忘记这孩子买过他的金鱼，还说要精心喂养虚弱的金鱼。

"老爷爷，金鱼都很精神，长得可大了！"少年回答。

"是吗？那让我瞧瞧！"说着，老爷爷跑到百花盛开的院子里，朝装着金鱼的大鱼盆里面张望。

"哎哟，长得好大呀！"老爷爷高兴地说。

少年又向老爷爷买了两条金鱼。老爷爷还多给了他一条漂亮的金鱼。

"老爷爷，明年您还会到这里来吗?"分手时，少年问。

"小少爷，只要身子骨结实，我还会再来的。"老爷爷回答，但是他没有说一定来。因为老爷爷年纪已经大了，走这么远的路已经很困难了，他想在乡下的田里种点玫瑰花，安安静静地过日子。

各种各样的成长

　　天气渐渐地转暖了，院子里一直结着又白又硬的霜柱的黑土，软软地舒展开来，从下面冒出来各种各样的草芽。

　　"爸爸，铃兰的芽渐渐地长高了。"跑到院子里来玩的少年，冲着家里说。

　　父亲正在家里看书。

　　"哥哥，铃兰的芽长出来了吗？在哪儿？让我看看。"弟弟跑了过来。

　　春风掠过蔚蓝的晴空，细细的树枝被风吹得仿佛在欢快地唱着短歌。前不久，灰云还在冬天里低沉地飘浮，而现在已经不知消失到哪里去了。回想起来，在天空下沉默抖动着的树丛，就像是做了一场梦一样。

"铃兰已经发芽了吗？"父亲视线离开了书本，望着阳光普照的庭院。从乡下带来的铃兰发芽开花了，太让人高兴了。因为铃兰在这里是一种珍奇的花草。

"爸爸，芍药也长出红芽来了。今年还会开出漂亮的花朵吧。啊，百合花也发芽了！"

兄弟俩在院子里不停地跑来跑去，欢快地叫着。不知什么时候，父亲也来到了院子里，和孩子们一起高兴地迎接春天的到来。

这些花草的芽，渐渐地长粗、长大了。这期间，树梢上的花蕾也含苞待放，地上花草的芽和树枝上的花蕾犹如在你追我赶地竞争着，看谁先开花。

不过，这里已经变得这么暖和了，而铃兰生长的北方的原野还是白雪皑皑，寒风呼啸。去年春天，父亲带孩子们去了一趟爷爷奶奶住的乡下。回来的时候，带回几棵盛开在山冈和原野上的铃兰。

"你们不会忘记那些铃兰盛开的原野吧？"父亲问兄弟俩。

"我记得很清楚。"哥哥回答说。

"怎么会忘记呢？我还想再去一次呢。"弟弟也说。

听了他们的话，父亲笑着望着弟弟的脸，说："当时是谁在说，我想赶快回家，我想回家来着？原来爸爸就是在这么偏僻的地方出生的呀？"

两个孩子想起了那时的情景，眼里闪着光。北方那荒凉的景色，又历历在目地浮现出来了——

都是春天了，可天空每天都是阴沉沉的。有时还会下雪。风总是暖和不起来。

"这里的树，在风雪中生长的时间比在阳光下还要长。"他们又想起了父亲说过的话。

因为长时间被积雪掩埋，被压着头顶，所以树都长得歪歪扭扭的。草也被强风吹得长不高。

"爸爸，什么地方吹来一股香味，是什么花呢？"孩子们走在原野上，问父亲。

"是好香啊！那是铃兰的花香。"父亲在不远的地方找到了一束白色的花，告诉孩子们。

孩子们立刻跑到了那束花的旁边。多么洁白的花朵啊！而且，还飘溢着一种温馨亲切的花香。

小鸟不知在什么地方鸣叫着，好不容易吐出嫩绿芽的树在欢快地舞蹈。仰望天空，只见云彩在飘动。他们不禁想，虽说是春天，但却是多么寂寞的春天呀！

"爸爸，咱们快点回东京的家去吧……"弟弟说。

"为什么？"

"太寂寞了……"

这时，父亲给他们讲了许多自己小时候的事情。爸爸说，虽然是这么寂寞的春天，但在北方人们的心里，还是一年中无比盼望的时刻。人们从漫长昏暗的冬天解脱出来，看到鲜花盛开的原野和郁郁葱葱的山冈，心里不知有多么高兴了。

孩子们想象着父亲小时候在这片原野上奔跑、玩耍的情景。最后，为了留下美好的纪念，他们把铃兰花带了回来。

兄弟俩每天都到院子里来看，等着铃兰开花。其他的草很快就发芽长高了，其他的树也不知什么时候都开出了美丽的花。可是，唯有铃兰的嫩芽显得无精打采。而且，好不容易开了的白花，看上去也十分可怜，香味也很淡。

"为什么呢？为什么在那样整天刮着寒风的寒冷的地方都能生长，而到了这里，又不下雪又暖和，铃兰怎么反而没有精神了呢？"弟弟问哥哥。

哥哥也觉得奇怪。因为不论什么植物都是在阳光下生长的，阳光这么充足，又是在松软温暖的土里培育，为什么却长不大呢？他也不明白其中的理由。

"我也不明白。"哥哥说。

兄弟俩跑去问父亲。

"看来，还是在这边扎不下根啊。"父亲深有感触地说。

"为什么呢？爸爸，对于草和树来说，阳光不是最重要的吗？北方天气寒冷，每天都是阴天，而且还要遭受风雪的摧残，可是，在那边能成长，怎么来到这边反倒枯萎了呢？”孩子们又问。

　　于是，父亲说：“你们觉得奇怪也是有道理的。但是，寒冷的风雪对于铃兰来说，是一种良药。不仅是铃兰，所有在北方生长的草和树都是在风雪中成长，而不是在阳光下长大的。我们觉得它们可怜，把它们带到温暖的地方之后，它们却反而枯萎了。人也是一样，不是无忧无虑地长大，就可以把人培养成一个优秀的人的。与艰苦作斗争，才能磨炼出人的性格来。然而，就像北方的植物忘记了与风雪作斗争时，就会枯萎一样，与艰苦作过斗争的人，一旦忘记了那些艰苦，也会完蛋的。相反，就像热带植物到了寒冷的地方会枯萎一样，习惯了奢侈生活的人，遇到一点点贫困就会畏惧……”

　　这时，孩子们怀恋起那些不久将要在北方湛蓝的天空下、在刮着寒风的原野上芬芳怒放的铃兰花来。

不会再来的旅人

在一个偏僻的地方，住着一户人家。

因为是山里，而且距离波涛汹涌的大海很近，加上
还有一条近道穿过山脚下的村子通向海边，所以，夏天
的时候常常会有人从房子前面经过。不过，一到秋末，
天变短了，山岭峡谷的树叶被风吹落了之后，来往的行
人就渐渐地绝迹了。

一天傍晚，西边天空黄得可怕。暴风雨到来之前，
天空总会出现这种情景。果然，到了晚上，狂风暴雨降
临了。

一家人关上门，听着外面骇人的风雨声。

"再过没多久，就会下雪吧……"他们低声嘀咕着，
点起火取暖。

刮这么大的风，他们不由得担心起来：房子不会被抛到深深的峡谷下边去吧？

　　"啊，我渴死了，给我一口水喝吧。"躺在里屋的姑娘说。

　　母亲忧心忡忡地朝那边望去。

　　父亲和哥哥装作没有听见，坐在火前面说话。

　　"娘……给我一口水喝吧！"躺着的姑娘又说。

　　"喝那么多水不好，忍一忍吧。"母亲回答。

　　父亲和哥哥也都显出为难的样子。

　　"啊，好难受呀！哥，给我拿杯水来吧。"生病的姑娘又央求哥哥。

　　"光喝水，病会越来越重的。不行，不行。"哥哥大声说。

　　姑娘大概是死了心，不再出声了。外面的暴风雨声越来越大，从侧面吹来的风和雨敲打着门窗，仿佛马上就要把这户人家的房子给摧毁了似的。

　　就在这时，有人敲门。

　　"有人吗？有人吗？"

　　"都这个时候了，怎么会有人来呢……"屋里的人互相望了望。

　　为什么呢？因为这么晚了，很少会有人来到这样的山里。而且，那声音也没有听到过。

"有人吗？有人吗？"有人敲门。

"还是别出声的好。装作没听见，他就会以为咱们睡着了走开的。"父亲低声说。

"对，还是别出声的好。"儿子也说。

暴风雨越来越猛，一刻也不停。这会儿，又传来了"咚咚咚……有人吗？有人吗？"的叫门声。

屋子里的人还是装作睡着了，没作声。

"好像有人来了。你们听不见有人在敲门吗？"生病躺着的姑娘说。

"没你的事。"母亲走到枕边训斥她说。

这时，站在门外的男人又恳求道："求求你们了……请开开门吧。里面生着火呢，我想你们大概还没睡呢……就请开开一条门缝吧。"

父亲和儿子互相交换了一下眼色。

"不知他是什么人，不过，还是到门口看看吧。"父亲说。儿子手里握着一根粗棍子，父子俩十分警惕地走到了门口。

"不知你是什么人，这么晚了还敲门，有什么事吗？"父亲怒气冲冲地问。

"实在对不起。请打开一条门缝好吗？"站在门外的男人，用可怜的声音说道。

"你胡说些什么呀，这么大的暴风雨，怎么能开门呢！有什么事你就在外边说吧。"父亲又说。

儿子紧紧地握住了手里的棍子。

"我是个旅人。从海边走到山道上来的时候，在暴风雨中迷了路。天黑了，加上又遇上了这么大的风雨，我实在是一步也走不动了。能不能请你们留我住上一夜，就睡在你们家的地上就行……"

"不行不行。不知道你是什么人，怎么能让你进屋，留你过夜呢！再往前走一点儿，就有一条进村的路。你到村里去求求看吧！"父亲拒绝了男人的请求。

男人在门外深深地叹了一口气。过了一会儿，男人又一次用可怜的声音央求道："我是头一回走这条路，实在是摸不着方向。睡在地上就行，能不能让我进去避避风雨……"

"少啰嗦！快走开！"儿子抖动着胳膊说。

这时，站在门外的陌生男人说："那好吧，我走了。不过，我实在是太渴了，就请给我一杯水吧。这样，我就可以打起精神上路了……"

父亲和儿子又交换了一下眼色，父亲摇了摇头。然后，大声说："我们不能给你水喝。我女儿病了，很想喝水。给她喝水，她就会死的，所以，我们不能让她听到水声，也不能动水勺。虽然你好不容易找到这里，但还是到村子里去喝吧！"

他们的说话声好像也传到了女儿的耳朵里了，只听姑娘说："爸爸，我口渴了，给我口水喝吧。啊，渴死了！给我口水喝吧。水有的是，对吧？就给要喝的人喝了吧——"

站在门外的人听见了姑娘的叫声。

"不知姑娘生的是什么病？我这里有良药。我整天这样在外旅行，旅途中可以搞到名药的。我可以把这种药分给你们一些，请打开一条门缝吧。"旅人说。

父亲和儿子又互相交换了一下眼色。

"我肯定不会给你们添麻烦的。我只是想把这些药给你们，请打开一条门缝吧。"旅人又说。

虽说连村里的医生都说没救了，但是父亲还是出于父女之情，想挽救女儿一命，所以便小心地打开了一条细细的门缝。旅人伸进来一只手，将五六粒丸药递到了站在门后面的父亲的手里。

这时，父亲想到自己对旅人太绝情了，不由得感到了羞愧。于是，在心里犹豫着是否将这个旅人放进屋里来。

可是，旅人的身影已经消失在夜幕之中了。

"爸，就给他一口水喝吧！"听儿子一说，父亲立刻跑了出去。可毕竟是暴风骤雨，没办法追赶。

两个人又回到了火边。

"啊，真是个好心人啊！没有留他住下，也没给他一口水喝，可人家却给了咱们药就走了，真是好心肠啊……"母亲说。

"谁知道是什么药呢！"父亲还是不相信旅人给的药。

吹打着门窗的风声和雨声，一直都没有减弱。

"不知那个男人怎么样了？这会儿已经到村子里了吧？"过了一会儿，儿子好像是想起来了似的说。父亲大概也想到自己冷落了那个人，受到了良心的谴责，所以，心里很不痛快，闷闷不乐地注视着火苗。

这天夜里，姑娘极其痛苦，一直想要水喝。第二天，姑娘已经连诉说这些的力气都没有了。

暴风雨过后，天空格外的晴朗，寒气逼人，要下雪了。山谷里的树叶全都掉光了，山岭上的天空如同蓝玻璃一般地冷峭。

父母吩咐儿子到村里去接医生来。由于病人病情突变，全家人都把昨晚那个男人的事情忘到了脑后。医生马上就赶来了，看了看病人，说照这个样子，恐怕今天都挺不过去了。过了一会儿，医生就走了。

这时，母亲说，把昨晚旅人给的药让她喝了试试吧！

"事到如今，让她喝什么药都一样了。"父亲也说。他把托盘上的丸药拿了过来，让女儿吃了下去。

旅人说的一点不假，这药奇迹般地灵验。连医生都束手无策、认为无可救药的姑娘，到了傍晚，竟然东张西望地望着母亲的脸笑了起来。

第二天更好了。而且，一天比一天好起来了。

不知不觉中，姑娘痊愈了，彻底地恢复了健康。这一消息传到了村子里，村民们想起了那个暴风雨之夜。他们说那天夜里，哪家都没有来过那个旅人。

"那个人肯定是神明。近来，人都变得冷酷无情，都不相信神明了，所以他才会来显示了一下神明的力量。所以，说不定什么时候他还会把那个姑娘带走的。"

自从发生了这件奇妙的事情之后，父亲为自己家人的无情无义而感到后悔。他盼望着上次的那个旅人能再次来到他们的家里，那样，自己一家人就可以热情地款待他了。

不久，姑娘出落成一位美丽的大姑娘了。村里有许多人都想娶她，多得她甚至都要犹豫该嫁给谁才好了。她从中选出最好的一家出嫁，过上了幸福的生活。

看着女儿生活得这么幸福，父亲想，这全是托了那个旅人的福。

女儿生的可爱的小外孙们叫着"外公、外公"，跟他别提有多亲了。每当目睹这种幸福的情景，父亲就会不由得想起那个暴风雨之夜的事情。

后悔的不仅是父亲。儿子和母亲只要一想起自己一家人冷酷地对待那个旅人的事情来，就觉得羞愧无比。现在让他们感到遗憾的是，当时没有看清那个人的脸。

"以后还会发生这样的事情。如果那样的夜晚，再有人来求咱们留他过夜的话，咱们一定要欣然答应。"一家人聊着。

后来，不知过去了多少年月。这期间，有刮风的日子，有下雨的日子，也有下雪的日子。然而，再也没有人到这户偏僻的人家来请求过夜了。

雪地上的舞蹈

夏天，在遥远的北方岛屿上干活儿的人们，因为天气已经渐渐地变冷，所以，要撤回南方去了。

"临别前，大家聚在一起快活一个晚上吧！"这些人提议。

小山丘上有一间小屋，小屋有一扇红色的窗户。一天晚上，他们聚集在那座小屋里，男男女女围坐在餐桌旁。餐桌上摆满了各种水果和鱼肉、鸟肉和野兽的肉，每个人面前的酒杯里，都斟满了五颜六色的美酒。

香味从小屋的窗户飘到了外面。住在岛上的狐狸闻到了香味，馋得直流口水。狐狸想，香味是从哪里飘来的呢？于是，就顺着香味找来了。

狐狸看到人们在小屋里愉快地吃着喝着。外面，天已经发黑了，只剩下森林的上方还有一抹淡淡的晚霞。相反，屋子里却像白天一样明亮。

"人是那么愉快地生活着，而我们却总是过着乏味的生活，真没劲！"狐狸想着，就站在附近的树丛下，出神地凝望着敞开的窗户里面的情景。

过了一会儿，宴会好像是结束了，大家离开了餐桌，唱歌奏乐，开始跳舞。那些女人漂亮极了，大家都穿着最好看的衣裳，戴上了所有的戒指。男男女女踩着节拍，开心地跳着舞。每当女人们挥动手臂的时候，戒指上的宝石就会一闪一闪地发出出蓝色和金色的光芒。

"啊，多美啊！"狐狸感慨万分地看着。狐狸本来就善于表演，看着看着，自己也不知不觉地跟着欢乐起来，扭动腰肢，跳起舞来。

那天夜里，小屋里闹到了很晚……可是，现在已经是冰天雪地的冬天了。白雪覆盖了整个岛屿。那些人现在不知到哪里去了？他们大概在想，等到了明年春天、等到了岛上冰雪融化时才能再来吧！

风猛烈地吹过雪地，周围一片寂静。狐狸若有所思地叹了口气，仰望着天空说："啊，真无聊！"

天不知什么时候全黑了，星星一闪一闪地放射着光辉。

"什么事使得你这么无聊？"星星说。那颗大星星，是北海天空的国王。

"星星大人，我太寂寞了。我想什么时候也像人那样热热闹闹地跳舞。"狐狸回答。

星星一边俯视着黑色的大海、冻得发抖的森林，和窗户紧闭、没有人住的小屋，一边点了点头。

"你说得对，你想跳就跳吧！"星星说。

"星星大人，我再怎么想跳，一个人也跳不起来呀！"

"那倒也是，一定还有其他伙伴的。你可以到森林里去跟猫头鹰商量一下。"星星又说。

狐狸去了森林。猫头鹰百无聊赖地鼓动了一下身体，嘴里嘀嘀咕咕地说着什么。听狐狸这么一说，猫头鹰睁着大圆眼睛说："这是一个好主意！我也正为无聊发愁呢，我来唱歌。"

"谁来奏乐呢？"狐狸想。

猫头鹰说："那风婆婆最合适了。刚才我还看见她提着一只破手风琴，朝远处走去了。"

于是，猫头鹰和狐狸去找风婆婆了。风婆婆正坐在掉光了叶子的树下，所以一下子就找到了。

"风婆婆，请你跟我们一起跳舞，为我们拉手风琴吧！"

风婆婆听了，高兴地答应了。

狐狸想，要是有年轻美貌的女人和我们一起跳舞，那该有多热闹呀！那样的话，我们的舞蹈就不会比人差了。于是，它问道："风婆婆，除了我们之外，还有没有年轻漂亮的女人呢?"

　　风婆婆对这座岛屿太熟悉了,而且,她不像一般的老年人,脑子非常灵活,没有人能比得上她的。

　　风婆婆纹丝不动地坐在树下,说:"那我去叫雪女来吧。还有,今天晚上,美人鱼大概也会在岩石上的。如果在,我也把她带来吧!"

　　这天深夜,就在这座北方的岛屿那白雪覆盖的原野上,举行了一场盛大的舞会。猫头鹰唱歌,风婆婆拉着漏风的手风琴,狐狸带头,雪女、美人鱼跟在后面,自如地舞动着手臂,扭着身子,翩翩起舞。雪女洁白的牙齿和水晶般透明的眼睛闪闪放光,美人鱼的头冠和脖子上佩带的大海里珍奇的贝壳和珊瑚,也放射出璀璨的光辉,那是人类戒指上镶嵌的宝石所不能比的。

　　"啊,我口渴了!"猫头鹰说。

　　"啊,我肚子饿了!"狐狸说。

　　可是,这里既没有酒和水果,也没有其他食物。美人鱼说她下次一定从海里多带些吃的来。风婆婆说要带酒来,狐狸说它要想办法从森林里采些树上的果实来。什么时候才会再开一次舞会呢?不久,大家就散去了。除了天上的星星和聚集在这片树丛里的动物之外,没有人知道这里曾经开过这样一个舞会。那是一个发生在海浪都要结冰的寒夜里的故事。

般若面

一

远离大街的马路边上有一间铁匠铺。铁匠一天到晚坐在作业台边上干活儿。村里的熟人从铺子前面经过时，都会大声跟他打招呼。

漫长的夏天过去了，秋天不知不觉已经来临。林子里秋色正浓，日光渐渐地弱了。开始枯萎的树叶，好像想起来了什么似的，纷纷从树枝上落下，在空中飘舞。

这个地方，每当到了这个季节，随时都可能会下暴风雨或是冰雹。农民在田里紧张地收割着。铁匠铺的铁匠放下手里的活计，看看这边的田，又看看那边的田。如果天气好，秋天暖洋洋的太阳平和地照在树上或散发着香味的褐色地面上，他自己的情绪也会高涨起来，格外地轻松。如果是阴天，还有阵阵冷风吹来的时候，一想到冬天就要到了，他的心情就会变得无比沉闷。

　　一天傍晚，突然开始下起了暴风雨。落叶如同拉风箱时喷出的火星似的在天上飞舞，和淅淅沥沥的风雨一起，吹向天空。

　　"照这个样子，这两三天就要下雪了。"铁匠自言自语。

　　他老婆正在厨房那儿忙碌着，于是，他特意提高嗓门，朝着昏暗的厨房大声提醒说："晚上可能要下雪，把外面的东西都收回来吧！"

　　他和老婆匆匆地吃完晚饭，就又回到了作业台，用大铁锤咣当咣当地在铁砧上打起被烧红的铁来了。门外的暴风雨越刮越猛，他禁不住停下手，倾听起暴风雨的声音来。

　　就在这时，门外好像有人在叫门。

　　铁匠想，会是谁呢？这么一个漆黑的暴风雨的夜晚，是谁这么晚了还在叫门……一定是村里人因为有事回来晚了，这会儿才回来吧……想到这儿，他站了起来，稍稍打开一条门缝，向外张望。

　　煤油灯的灯光从门缝透到了黑暗的外面。那里站着一个陌生的男人。铁匠呆住了。这时，那个男人问："我是个过路人，走上了一条不认识的路，天黑了，就被这场暴风雨给困住了。我想找家旅馆，这里离镇子还很远吗？”

铁匠仔细端详了一下那个陌生男人，发现那是个年轻人。怎么看，都像是真的很为难的样子。

“真是难为你了。来，进来歇歇再走吧。”好心肠的铁匠说。

年轻人高兴地拖着被暴风雨淋湿了的身体，进到了屋里。这位年轻人看上去很善良、很老实，两个人很快就亲密无间地聊开了。

“我事业失败了，事到如今，不能再回故乡了。我的故乡离这里很远。我想到哪里去挣点钱，再干一番事业，可是又无依无靠，就跑到这里来了。”年轻人说。

铁匠铺的铁匠觉得这实在是一件鲁莽又欠考虑的事，但又一想，所有的成功都需要这样的一颗冒险心和勇气。

“那么，你今后打算去哪里？”铁匠问。

“北海道有个熟人，我想投奔那里去。可是，那样的话旅费有点不够。我这里有一件父亲留下的遗物，是一块很不错的表，父亲生前很珍惜它。我想到镇子上把它卖了，换些钱……”年轻人这么说。

铁匠不禁同情起这位坦率的陌生人来。

“让我看看，是一块什么样的表？”他说。

年轻人拿出表来给铁匠看。那是一块小型的银壳表，有一条银链子，链子上还拴着一个用红铜做的挂件指南针，指南针的背面是一个般若面[1]。

"声音不错。而且，仪器也相当精致……"

"不仅这些，这块表还非常准时。"

"如果不是很多的话，我先帮你垫上吧！不过，我随时可以把表还给你。既然你要拿到镇子上去卖，我就以那个价钱先替你买下来吧！"铁匠回答。

年轻人心里别提有多高兴了。其实，到这儿来之前，他已经在别的地方给人看过这块表了。可是，因为出价太低，他不想卖。年轻人把这事也告诉了铁匠。听了他的话，铁匠就说："就按那个价，再加一半，你看怎么样？"

年轻人高兴地说，这下去北海道就绰绰有余了，于是就把表卖给了铁匠。

"这是你父亲的遗物。什么时候需要，只要你把钱还给我，我就把表还给你。"铁匠又重复了一遍。

门外，暴风雨在嘶鸣着。挂着的煤油灯，被吹得摇来摇去。年轻人谢过铁匠之后，就按照铁匠告诉他的方向，朝镇子里走去，再次消失在了暴风雨的黑暗之中。铁匠默默地目送着他的背影。

---

[1] 般若面：额生双角，面含悲愤的女鬼假面。

二

不知不觉二十多年过去了。

一个晴朗的秋天的下午。一位旅人一边回头望着镇子，一边朝村子这边走来。田里已经染上了金黄色。小河哗啦啦地流着，好像在唱着一首凄凉的歌，河面波光粼粼。树林的叶子已经变成红色和黄色，远远近近的景色宛如一幅图画。

旅人坐在路旁的树墩子上歇脚。这时，正好从镇子那边开过来一辆公共汽车，扬起了一股白灰尘，从他前面开过，向村子驶去。看到这些，他自言自语地说："是呀，都二十多年了，当然和那时不一样了。"

这位旅人，就是很久以前，在那个暴风雨的夜晚敲开铁匠家门的那位年轻人。后来，他去了北海道，又去了堪察加①一带，挣了不少钱，现在在北海道开了一家很有气派的商店。

"那块表不知还在不在了？多亏了那位铁匠，可不能忘了人家的一片恩情。不过，表上拴着的那个般若面，总让我恋恋不舍地想起小时候依偎在父亲胸前的情景。直到今天，那个挂件还仍然浮现在眼前。我就是为

---

① 勘察加：堪察加半岛，位于俄罗斯远东东北部。

了要道声谢谢，请人家把表还给我才赶来的……"

旅人回首往事，一个人这样自言自语着。过了一会儿，他又开始在街道上走了起来，一边走，一边左看右看，寻找着在那个暴风雨的夜晚进去过的铁匠铺。那天晚上，天好黑，他看见了一盏在风声中摇动的煤油灯。可现在这个村子里都用起了电灯。

铁匠铺应该就在这里。旅人站在门前犹豫了一会儿，激动地走了进去，可是没有见到他想见的那个人，一个铁匠儿子模样的年轻人在干活儿。

他详细地说起了往事。

"我就是为了想见见那位铁匠，向他道谢，才大老远赶来的。"他说。

铁匠儿子听了，瞪圆了眼睛看着旅人，回答说："父亲三四年前就死了。"

听了这话，旅人心里别提有多吃惊了。

他拿出从北海道带来的各种礼物，回忆了那个暴风雨的夜晚，接着又说：那时请铁匠买下的那块表如果还在的话，希望能够还给自己。

"我母亲年纪大了，不巧又刚好感冒了，在里边躺着呢。"儿子说完，进到里屋，很快把表拿了出来。

"是这块表吗？"

旅人捧起那块表，怀念地端详着。

"小时候，我好想要那个链子上的般若面，不知求过父亲多少次。可是，父亲说这是一件很重要的东西。别的东西，只要我想要，他都会给我的，唯有这个指南针，说什么也不肯给我，原来这块表是有这样的来历呀！"儿子回忆着往事说。

旅人听了这话，想起了自己小时候，曾经也和铁匠儿子一样很想要这个般若面。因为这个小小的指南针，使自己和铁匠儿子一样对父亲留下了难忘的记忆，这让他感到不可思议，不由得产生了一种人生都是相通的感觉。

"无论怎么回忆过去，难忘的父亲都不会再回来了。您特地从远方来，就请您拿回去吧。"儿子说。旅人为这话感到了一种深深的悲哀。

"这块表、父亲的遗物虽然又回到了我的手里，可是父亲已经不会再回到这个世界上来了。我真是愚蠢，还想追回过去的梦。不仅如此，还差一点打破了铁匠儿子的梦……就当这块表埋在堪察加的雪地里好了……"想到这儿，他已经不想再去要回那块表了。后来，他们俩又谈了很久，相互在心里期待着再次见面，然后就分手了。

屯吉和宝石

在一座遥远的城镇里，有一家珠宝店。

有一天，一位衣衫褴褛的姑娘来到了店里。

"我想把这个卖了。"

说完，姑娘从小纸包里取出一只镶嵌着像鱼的红眼珠一样、闪烁着瑰丽光芒的宝石的戒指。

正好店主不在，屯吉拿在手里看了看，心想成色这么好的红宝石太少见了，就放在手掌里感叹地端详起来。

姑娘不知道小伙计会怎么说，脸上露出不安的神情。

（如果卖不出一个好价钱，生病的弟弟可怎么办呀？不仅如此，从明天起，我们吃什么呀？）

她思前想后。

"这只戒指是在哪里买的？"屯吉问。

于是，姑娘如实地讲述了这只戒指的来历。

"这是我死去的妈妈从我姥姥那里得来的，她很珍惜它，临死的时候从手指上摘下来给了我，并对我说：'这是一只很珍贵的戒指，不到万不得已的时候，千万不要撒手'……"

姑娘还说到现在生活不下去了的事。

屯吉默默地听着姑娘的话。

"就是说，因为你弟弟病了，所以才要卖掉这只宝贵的戒指，对吧？"他问。

姑娘十分难过，眼泪汪汪地点了点头。

"这实在是一块好宝石！"

说完，屯吉就按真货的时价，高价买下了戒指。

戒指卖了一个好价钱，姑娘非常高兴，她想，这也多亏了母亲。为了赶快给弟弟治病，她匆匆地走了。店主正好与姑娘脚前脚后回来了。

屯吉看到店主，马上说："进了一块非常好的红宝石！"

说完，就把从姑娘那里买来的戒指给店主看。店主戴上眼镜看了看，

"果然是一件罕见的上等货。"他微笑着问，"出多少钱买的？"

因为屯吉平时总是在一边看着自己做生意，所以他

估计不会有差错，但是为了保险起见，还是问了一句。

然而，当得知屯吉是按真货的时价老老实实买下来的之后，店主的脸色顿时变得不高兴起来，他发火了。

"就是刚才出去的那个姑娘吧？那种外行人还不好糊弄，都怪你不专心做生意！"老板训斥他说。

话又说回来了，宝石这玩意儿，不是内行人，是很难分辨出真假的。成色好坏也是一样。所以，如果遇上不诚实的商人，就会乘人之危，好货也被说是次货，廉价买下。而出售的时候，坏货会被说成是好货，高价卖出，从中赚钱。

屯吉虽然是被干这种歪门邪道勾当的店主雇用的，但他看到姑娘那可怜的样子，听了她的讲述，又怎么能把真货说成假货骗人家呢？他甚至还被姑娘那种卖戒指为弟弟治病的善良心肠感动了呢！

但是，这种正直的行为却带来了灾祸。

"像你这样的傻瓜，我不在的时候，一点用都没有。"

店主说完，就把屯吉给辞了。

"我也有一位温柔善良的姐姐啊。"

屯吉说完，就离开了这座城镇，朝着自己童年时生活过的小镇出发了。

半路上，他与一个跟自己年龄差不多的男人结伴同行。这是一个要翻越沙漠的漫长而又遥远的旅程，两个人不知不觉中，融洽亲近起来，相互谈起各自的身世。这位青年也打算今后干一番事业，对未来抱有希望。

即使是走在没有青草的、寂寞的沙漠中，但由于两个人情投意合，所以也没有怎么感到乏味。在那些被强烈的阳光照射着的、整个世界都是黄黄的一片的日子里，只要两个人一交谈，就会觉得心里有一股凉风掠过。

有一天，两个人正并肩走着，青年忽然站住了，他用脚尖拨了拨沙子，从沙子中捡起了一块像小石头一样的东西。

"我捡到了一块这样的东西，你看是什么？"

青年把那块东西放在手上，拨弄来拨弄去，看了好一会儿。是一块蓝蓝的、像只小虫子般大的石头。石头上镶着一个闪光的东西，它的边上有一个可以穿线的小孔。

"肯定是从这里经过的人丢的，不知是做什么用的？"

青年不解地歪着头。

"既然是被我发现了，就别扔掉它，留着做纪念吧。"

青年一边在手掌里拨弄着那块蓝色石头，一边爽朗地笑了。

"来，让我看看你捡了一块什么东西？"

屯吉让青年给他看捡到的蓝色石头。仔细一看，那实在是一件精品！屯吉看着看着，忍不住想得到这块石头了。他想用自己所有的东西来换。实在是件宝贝！但是，屯吉并没有露出惊讶的神情。在珠宝店做事时的毛病又犯了，他在心底里琢磨起如何把那块石头骗到手，好归为己有。

"上面有一个小孔，是用来做什么的？"

青年当然不知石头有多么贵重，便这么问。

"啊……"屯吉结结巴巴地回答不上来。他心里懊悔莫及，我怎么没有先看到这块石头呢？

这块蓝蓝的、有一个穿孔的石头，是太古的勾玉。闪闪发亮的，是钻石。屯吉在珠宝店里看到过一次跟这个一样的东西，他记得是以惊人的高价成交的。现在，这块珍贵的勾玉在沙漠中被找到，是因为过去常有商队从这里经过。

"这要是我的东西的话，就可以发大财了……"屯吉遗憾极了。

幸好青年不知道这块石头的价值！他想，在这趟沙漠的旅程中，一定要想办法把它占为己有。于是，故意装作无动于衷的样子说："做扣子未免太粗糙了！许是土著人的孩子系在脖子上的东西吧？"

他这么说着，又把它放回到了青年的手里。快活的青年解下行李上的绳子，做了一条绳子，穿上勾玉，半开玩笑地挂到了自己的脖子上，继续向前走。不知不觉中，他已经忘记了那块石头，兴致转到了别的事情上，开心地笑了。

只有屯吉一个人，不时地望着青年脖子上挂着的那块勾玉，只见它不住地摆动着。他想，尽管钻石埋在沙子里太长时间，有点脏了，但只要擦一擦，就会大放异彩的。因为一直在牵挂着这件事，青年跟他说话时，他只是迷迷糊糊地随声附和，不怎么开口了。

屯吉考虑得更多的是："怎么样才能巧妙地把那块勾玉骗到自己手里。"

屯吉一边仰望着浮现在浩瀚沙漠上空的白云，一边想："人的命运真是不可测啊。现在我们两个人同样是这么贫穷，可是到了远方的城镇，如果他把那块勾玉卖给珠宝商，从此这个男人就不再是一个穷人，而是一个大财主了。而自己，大概还会跟现在一样吧。"

后来，又过了几天，他们终于走出了沙漠。一天傍晚，在两个人的前方，出现了紫色的大海。

"啊，大海！"

"大海！"

两个人同时叫了起来。火红的夕阳正在向浪谷里沉没。两个人一边回顾走过来的遥遥路程，一边在岩石上坐下休息。海浪涌上来，在他们的脚下碎成泡沫之后，退了回去，然后又涌了上来。

屯吉，包括那个青年自己大概都不知道什么时候，把挂在脖子上的那条系着勾玉的绳子解开了，正套在食指上在一圈一圈地转着。当屯吉惊讶地看到这一幕时，绳子已经从青年手指上脱落了，勾玉掉到了海浪中，被吞没了。

青年毫不介意，吹着口哨，依然陶醉在这片无限美好的景色之中。而屯吉则因为失望、悔恨和懊丧，脸色煞白。

第二天，一直结伴同行的两个人终于要分手了。青年对屯吉说："如果我事业成功，发了大财，一定会到你住的城镇去找你的。而且，我会帮助你的。请你多保重吧。"

说完，他紧紧地握了握屯吉的手，然后，他们就一左一右地分道扬镳了。

屯吉站住脚，目送着青年渐渐远去的背影。等到青年的身影完全不见了之后，屯吉便弯下腰，痛哭起来。

"那时，我为什么会涌现出那种卑鄙可耻的想法呢？如果自己诚实的话，帮助他把那块宝石高价卖了，那个男人就会发意外之财，而且肯定会高兴地把钱分给自己一半。那样的话，两个人都可以幸福，继续愉快的旅程……"

屯吉后悔死了。过了一会儿，他站了起来。

"今后，一定要诚实地生活下去，不能光考虑着发财。对了，我还有一位温柔善良的姐姐。到了城里，我要为姐姐而努力地做事……"

屯吉朝着目的地的城镇方向走去。

古钟与云游僧

某处乡下有座名叫"正觉寺"的穷寺院。住持虽然常常换，可是唯独长年住在寺院里的男仆一直没有变，早晚敲钟。

正殿的白墙脱落得厉害，用石头垒起的敲钟堂中间吊着一口大钟。风吹雨打，钟上已经生出了绿锈。村里的孩子们来拾树果子的时候，常常朝钟丢石头。撞钟槌挂在旁边，一头系在粗草绳上，一只眼的男仆把它搭在肩上，走出两三步之后，再用力去撞钟。

一天，一个衣衫褴褛的云游僧在村边路旁的小茶馆休息，听到了钟声后，说："啊，多么好听的钟声啊！这么动听的钟声，走遍天下也难得听见！"

这句话经茶馆老太太之口，一下子就在村里人中间传开了。

"果然，正觉寺的钟声，真的是很好听！"

于是，连过去漠不关心的人也都竖起耳朵，聆听起钟声来了。

"真是说不出的动听啊！"人们都这么说。钟声可以传遍周围的两三个村子，那些村子里的人也都传开了。不知从什么时候起，这口钟便闻名遐迩了。无论是春天漫长的傍晚，还是西北风呼啸的秋夜，正觉寺的钟声，都会让听的人产生一种敬重的感觉。

"你听，正觉寺的钟声响了！"只要这么一说，连在被窝里哭泣的孩子都会默不作声地竖耳倾听。

村里有个万事通的男人，他说："那口钟一定是掺了金子，所以才会发出那么好听的声音。"

听了这话，穷寺院里的住持可高兴了。如果把那口钟卖了，一定可以卖一个好价。他想，那就可以用它来维修寺院了。

上次那个云游僧又从茶馆前面经过，进来休息。

"还记得我吗？"云游僧说。

"哎哟，当然记得。您不是夸奖过寺院钟声的和尚大人吗？"茶馆老太太回答。

"我想再听听那难得的钟声。"

正好这时正觉寺敲响了日落的晚钟。云游僧低着头听了听，说："敲钟的人好像换了。"

"啊，长年敲钟的那个男仆去年死了。"

"啊，是吗？怪不得听不到那种安稳、洪亮的钟声了呢！"云游僧说。

"那是为什么？"茶馆的老太太又问。

"什么钟一敲都会响，可是有句话叫'充满信心的响声，草木都会摇曳'。人心又怎么能不会感动呢？我赞扬的是那满怀信神之心的钟声啊！"

说完，云游僧就走了。

柚子的故事

　　爸爸十分珍爱花盆里的那株柚子，柚子今年又结出了两只大果实。这两只柚子从夏天开始，就互相比着长大。等到两只都长大了以后，又像要比谁好看似的，竞相呈现出美丽的颜色。

　　年雄看到这一切，不禁悲伤起来。而且，他还会朦朦胧胧地想起过去的时光，可无论他怎么想，由于那时还太小，所以怎么也记不大清了。就好像照在院子里的初冬微弱的光线一样，只留下一些支离破碎的梦一般的记忆。不过，听爸爸妈妈说起那天的事情时，他就会想："啊，原来是那么一回事。"

　　那天，也是这么一个寒冷而又凄凉的日子，他跟哥哥俩在走廊上玩。爸爸珍爱的这株柚子花盆就摆在那

106

里，当时枝头只结了一颗大柚子。

那一年哥哥七岁，年雄五岁。

"我想要这个柚子。"年雄说。

"那不能吃呀。"哥哥说。

"不好吃吗?"

"啊，太酸，不能吃。"

哥哥这样回答道。他背朝着年雄，正在玩玩具火车。

"呜——上野到了! 上野到了! 呜——赤羽到了! 赤羽到了——"

不一会儿，火车翻了。

"年雄，火车翻了，不得了! 快来救火车啊!"哥哥叫了起来。可是年雄没有反应。哥哥刚才玩得太入迷了，没有顾得上去看弟弟在做什么，当他把视线转向弟弟这边时，看到了什么呢?

"啊!"一瞬间，哥哥吃惊地睁大了眼睛。

"年雄，你把柚子给摘了?"

哥哥看到弟弟抱着柚子正高兴地看呢，于是赶紧跑到了他的身边。

"你惹祸了，要被爸爸骂的!"哥哥说。

被哥哥这么一说，年雄脸上刚才还是明朗、开心的笑容一下子消失了，突然换成了委屈得想哭的表情。

温柔善良的哥哥大概是觉得他可怜了吧?

"没事，年雄不懂事嘛⋯⋯"

说完，他就拿起那个弟弟从枝头上摘下来的柚子，想把它重新挂到枝头上去。

"你们两个怎么这么老实！在玩什么呢？"妈妈过来了。这时，哥哥突然哭了起来。接着，年雄也哭了起来。

"是谁把柚子摘下来的？"

妈妈睁大了眼睛，大声叫了起来。

正在餐厅里看报纸的爸爸听到了，跺着脚跑了过来，瞪着可怕的眼睛问："什么？把柚子给摘了？"

"是你干的吧？"他朝着手拿柚子的哥哥的头上，啪啪地就打了起来。

"你这个捣蛋鬼，我好不容易把它养这么大！"

爸爸的脸都气红了。

哥哥挨了打，却没有吭一声。年雄因为害怕，身子缩成一团，只是在不住地发抖。后来爸爸才从年雄的嘴里得知，那不是哥哥干的。

"呀，是这么回事啊！"爸爸这才知道哥哥有多善良，他为自己的行为感到后悔。

这样一个温柔善良的哥哥，第二年春天，却染上了赤痢①，仅仅一天就死了。

不知不觉，年雄已经长到了哥哥的年龄。现在，他

———————————
① 赤痢：中医中称大便带血不带脓的痢疾为赤痢。

一个人望着柚子，又回忆起温柔善良的哥哥来。

这是一个好天。爸爸来到院子里，用竹竿把快要倒了的波斯菊架了起来。过了一会儿，爸爸来到年雄坐着的走廊，也坐了下来。

"噢，多漂亮的颜色啊！"爸爸望着柚子说。

"年雄，把那把剪刀给我拿来。"爸爸说。年雄很快就把剪刀拿过来，交给了爸爸。

"你要干什么？"年雄问。

"剪下来，供在佛龛上。"

看到柚子，爸爸也想起了温柔善良的哥哥。

白云

一

　　大家都在想，有没有什么好玩的事情，阿敏当然也是其中一个。阿义、阿武和香津子聚集在马路上，不知在看着什么发笑。

　　"看什么呢？"阿敏走了过去。

　　阿义把漆黑的铁矿砂放在纸上面，两手抓着纸，阿武用吸铁石在纸下面蹭来蹭去。于是，铁矿砂就像密密麻麻的虫子一样，跟着吸铁石移动起来。

　　"太好玩了！"

　　"奇怪吧？"阿武自己也歪着脑袋入迷地看着那些。

　　"我用了很多铁矿砂，可是筛洗了之后，就剩下这么点了。"

　　阿义从兜里掏出一个装铁矿砂的瓶子，给大家看。

看到这些，阿敏抿着嘴笑了，因为他想到自己家里也有一块大吸铁石。那是上次邻居一个哥哥送给他的。涂红的地方虽然已经秃了，但是原本是块磁性很强的吸铁石。

第二天，阿敏到了学校，在课间休息时，他和小山一起在操场沙滩上拼命地吸铁矿砂。小山的吸铁石比阿敏小一点，但红的地方完好无损，所以吸引力很强。阿敏的吸铁石块头虽然很大，但是磁力不强。

"你吸了多少了？"阿敏觉得自己的吸铁石大概要输了，便问。

"刚吸了这么一点。"小山说着，把皱巴巴的满是泥巴的纸包给他看。

"吸了那么多了。我的吸铁石不行。"阿敏焦急地说，自己的吸铁石只是块头大。

"如果给它通了电，就会强的。"小山告诉他说。

"通电？"

阿敏第一次听说这种事情。他刚才就在琢磨那奇异的吸引力到底是从哪里来的呢，大概长大了，就会明白了吧！但是他又一想，只要弄不明白太阳是谁创造的，兴许也就弄不明白这种力量是从哪里产生的吧？想着想着，他茫然地仰望起蓝天来。

"喂，上课铃响了！"小山叫着，慌忙跳了起来。阿敏也吃了一惊，他发觉操场上已经没有人了，就赶紧追上小山跑进了教室。

老师盯着迟到了的两个人看了一会儿，但没有作声。阿敏虽然坐到座位上了，可心跳了老半天。

二

"通了电以后，吸铁石的磁力真的就会增强了吗？"

阿敏又向阿义确认了一遍小山的话。阿义比阿敏大一年级。

"当然是真的了，电车过去之后，马上把吸铁石贴在铁轨上，带电后，磁力就会增强的。我们现在就去，你也一起去吧。"阿义说。

"把吸铁石贴在铁轨上？"

因为平时妈妈严厉地警告过他，不许到电车道上去玩，因此，脑海里一一浮现出妈妈的那些话来，阿敏犹豫了，不知如何回答好。

"不马上贴在铁轨上是不行的。我们是要去冒险通电的。"

"阿武也去吗？"

"啊，太小的小孩有点危险，不过，你可以一起去的。"阿义邀请他说。

如果让妈妈知道了，会挨骂的，可听阿义说"连香津子都会来的"，阿敏怕自己被认为是胆小鬼，就答应了："那我也去。"

　　然后，他从兜里掏出那块大吸铁石端详了起来。

　　"让我看看。这个要是通了电，可就厉害了，连铁壶都可以提起来。可惜红的地方秃了，所以马上就会没有力量的。不过，真够大的，也真够威风的!"

　　阿义看到阿敏的吸铁石，羡慕不已。他拿在手里，仔细端详了半天。

　　下午，一群孩子向电车道那里奔去。每当电车震动着大地通过后，他们就会跑过去，把各自的吸铁石贴在铁轨上。这期间，女孩子们东张西望地为他们放风。

　　当看到远处有卡车或摩托车的影子的时候，她们就会提醒："那边来车了!"

　　大家回到平日玩耍的草地上，实验吸铁石的磁力，可是与以前相比没有任何变化。阿义和阿武的吸铁石的吸引力，还是大大超过阿敏的大吸铁石。

　　傍晚，阿敏跑到了开收音机铺子的叔叔那里，说了从电车铁轨上取电的事情。

　　听了阿敏的话，皮肤黑黑、嘴边留着胡子的叔叔瞪大了眼睛，告诫他说："太危险了! 不小心给电车压了可怎么办呀? 那怎么能取到电呢? 来，叔叔给你的吸铁石通通电吧，以后可再也不许去冒险了！"

叔叔把收音机的铜丝紧紧地缠在阿敏的吸铁石上，接着，又把两根线头结在了电池的接线柱上。电流一通，便开始散发出美丽的蓝色火花。

"啊，这么多差不多了吧。这回可以吸住很多铁矿砂的。"好心肠的叔叔笑着，把吸铁石递给了阿敏。

三

地理课上，小山把在夜市上买的丹下左膳①和两三个小武士偶人放在纸上，在下面用吸铁石舞动起它们来了。在吸铁石的吸引下，偶人们很快就开始打了起来。小山根本没听老师讲课。

"哟！哟！"他尽量不让老师听见，悄声地吆喝着，操纵丹下左膳和武士格斗。坐在旁边的同学都在看着偷偷发笑。阿敏担心老师会发现，所以很不安。

"会被发现的。"他提醒小山。

可是，已经晚了。老师的眼睛瞪向小山。因为发现老师不说话了，小山这才抬起头，可就在同时，老师点了小山的名。

①丹下左膳：日本历史小说中的人物，是一位独眼独臂的剑客。

114

"小山，你一直在那儿捣什么鬼？听明白了吗？你说说看盐原温泉在哪里？"

小山一只手握着吸铁石和纸，一边往书桌下面藏，一边站了起来。

"在栃木县。"

"那群马县著名的温泉地呢？"老师又问。

这回没有好好听，所以，小山回答不上来了。这时，隔了两三张桌子，平时就喜欢说笑话逗大家笑的武田小声说了一句："嗨——哟！①"

听到的同学，都笑出声来，老师又把严厉的目光转向武田那边，瞪了他一眼。最后，老师终于忍不住了，大声怒吼道："小山和武田，给我出来！"

教室里一片肃静。两个人磨磨蹭蹭，不肯出去，老师首先来到小山的书桌前，

"把你刚才摆弄的东西给我看看。"说着，把他拖了出来。

武田知道抵挡不过老师，就自己主动从座位上走出来，站到老师的讲台前面。

"武田，你把你刚才唱的歌再唱一遍！小山，你在这儿舞动偶人给大家看吧！"

---

① 嗨——哟：是民谣的衬词。

小山终于还是脸红到耳朵根，低下了头。可武田被批评了，仍然挠着头笑。

这时，只有阿敏一个人久久注视着窗外蓝天上自由飞翔的燕子，沉思着。

"下回不许再带这些东西进教室了！"下课的时候，老师对小山说。然后才原谅了一直站在那里的两个人。

四

阿敏的大吸铁石请收音机店里的叔叔通了电之后，力量特别强。

在放学回家的路上，阿义和阿武把阿敏围在中间，把自己的小吸铁石压在阿敏的大吸铁石上，让他分电给他们。

"真好，阿敏的即使分给我们一些，也还是力大无比啊！"阿武顾虑地说。

"我也要请收音机店里的叔叔给我充充电。"阿义说。

"行啊，我这块红的地方已经秃了，反正不用电也会没有的。"阿敏在脑子里想，下次一定要让妈妈买一块红的地方完好无缺的新吸铁石。

这时，同班同学西山来了。

"喂，不如去捡矿石玩，那才有趣呢！有磁铁矿，有黄铜矿，还有金子呢！"从郊外来上学的西山说。

"真的吗？在哪儿？"阿义和阿敏好像已经忘了吸铁石似的，目光炯炯。

"现在河上正在施工，有很多砸碎了的石块。只要找，就可以找到各种各样的石头。金子呈紫色，闪闪发亮的黄铜矿和方解石最多了，方解石要多少有多少。"

即使他不这么说，大家也正在想着还有什么稀奇好玩的事情呢？刚好听他说起这些，大家都高兴得跳了起来。阿敏、阿武和阿义让西山在马路上等着，把书包往家里一扔，立刻就跑了回来。看到他们的身影，正在草地上玩耍的香津子和淑子也追了上来。

"也带我们去吧。"

远远可以望见幽幽的绿树，四周一片蝉鸣。他们横穿过电车道，急匆匆地在凉爽的路上走着。

西山带领一行人来到河普请场①，那里的工程规模相当宏伟。堵住河水后，矿工们正在打捞河底。细长的铁轨沿着河岸绵绵延伸，最后湮没在闪光的草丛之中。工地附近堆积着石块、砂砾和木材等材料。其他矿工们在用沉重的铁锤往河里砸木桩。每当用粗绳子提起铁锤往下砸去的时候，"嗵，嗵"的下沉声都会震动周围的空

---

① 河普请场：地名。

气，从远处传来回声。时不时地，矿车还好像想起了什么似的，"轰隆，轰隆"地叫着，满载着小石头，一辆接一辆地开过来。把小石头运到工地卸下来之后，它们又会退回到远处。

"那边还堆积着很多砸碎的石头呢！"

西山带路向草原那边突进。果然，在离矿车通过的铁轨不远，但离工地很远的草原上，白白的石块，堆积如山。有两三个不认识的孩子已经先到了那里，在埋头一块一块地挑选石头呢。

"拿了石头，不会挨骂吗？"阿敏问。

"那些大的，好重，想拿也拿不动。拿一点小的，没关系。"西山回答。

"不会挨骂的吧？"阿义考虑着，每当矿车通过时，他都会朝铁道那边望一望。

"如果挨骂了，就赶紧逃。"

西山这么说着，已经登上了石堆。

"看呀，这些就是方解石。"

白色的石块，与其他颜色交织在一起，放射出十分耀眼的白色光泽，很像盐的结晶。方解石的特性是无论怎么砸，都会呈四角形。

"有点像水晶石。"阿武说。连那些素不相识的孩子们都跑到西山身边来了，只见他们手里也握着石头。

"这会不会是金子？"其中一个人把自己手里拿着的石块给他看。

"我看看，这好像是磁铁矿。金子还会带一点紫色。"西山说。

"只有闪闪发亮的地方才是铜吧？"阿义探过头来张望。

"好像是。"

"我找到了一块方解石！"

大家一看，阿敏正在用石头砸石头，想取出其中的一部分。

"哎，方解石是什么样啊？"一个想知道方解石是什么样的孩子问阿敏。

阿敏正在告诉他的时候，从轨道上传来矿车"轰隆，轰隆"飞速驶来的声音。

"喂，小家伙们，别淘气啊！"那辆矿车经过时，有人在车上喊了一声。

原来是两个生龙活虎的年轻工人坐在空矿车上。后面矿车一辆接一辆驶来，里面也有亲切地笑着望着这边的男人。

"刚才那个家伙好盛气凌人啊！"说这话的是阿武。

"那家伙如果冲过来，咱们要逃跑吗？"

"不用逃跑。"

"那才有意思呢，怎么能让他抓住咱们呢！"

"扔石头打他吗？"

"香津子和淑子，赶快到那边去！"阿义说。

"我如果被抓住了，就道歉。"淑子说。

"我可不愿意。咱们又没有做什么坏事，只是看看而已。"香津子说。

"我早说过，女的就不应该来。"阿武生气了。

"得了得了。"

"咱们还是去找更好的吧。"

阿敏脸红扑扑的，用石头敲着石头。

大家又埋头砸起石头来。

五

突然，"嘟——"的一声，一辆大卡车开到草地上来了，是运石块的。

"来了！"大家说着，都做好了准备逃跑的姿势，可是已经来不及了。大卡车很快就停到了他们面前。车一停，就有三个男人从汽车上跳了下来。一个男人来到阿敏身旁，朝他手里看了看。

"你们在找什么石头呢？"他问。对这一温和的问话，大家感到有些意外。

“我们在捡方解石。”

阿敏老老实实地回答说。

“是在学校的理科课上学的吧？”那个男人晒黑的脸膛上露出一排洁白的牙齿，笑着说。

“叔叔，这些石头是从哪里运来的？”阿敏问。

“从埼玉和茨城那边运来的。大块石头用机器碾成这样的碎块，用来修建电车道和河流工程。”那个男人回答。

听了这些，阿敏如同思念起石头的故乡来了似的，眺望着天空的尽头。尖尖的森林的影子，淹没在耀眼的阳光中，白云从远处的地平线上探出了头。

三位叔叔把石头卸在了那里之后，又开着卡车，消失在草地的远处。

“那些叔叔原来是好人啊！”

“这些石头是从很远的地方运来的。”

“说是挖隧道时，用炸药炸的岩石。”

“啊，咚，咚——一定很响。”

“刚才那位叔叔，很像收音机店里的叔叔。”

“不像。”

“像。”

“只有阿敏才会那么觉得。”

正当他们在石山周围这么议论着的时候，又传来矿车"轰隆，轰隆"飞驶而来的声音。从这里望过去，细长的铁轨时隐时现，看上去就像两根无依无靠的火筷子①。

刚才冲他们吼叫的那个生龙活虎的小伙子，直立着站在装满小石子的车厢上。阿敏放开手里握着的石头，朝他望去，男人瞪着眼睛，好像在朝这边喊着什么，正好到了急转弯的地方，跑得正欢的矿车在年轻人一愣神的工夫，突然脱轨了，矿车停住了。可是，后面的矿车却全然不知，仍然在一辆接一辆地歌唱着，奔驰着。

年轻人连忙高举双手，叫了起来。

"脱轨了！"

于是，几辆矿车一下子都停住了。

"那家伙太盛气凌人了，遭报应了。"阿义说。

年轻人由于完全被孩子们吸引了，所以疏忽了自身的安全。只见他拼命地在修理脱轨的矿车，可是两个人的力量毕竟有限。不过，伙伴们立刻明白了这些，马上从后面的车子上跳下来，聚集在脱轨的矿车旁边。最后，他们齐心协力，终于把沉重的矿车又推回到原来的位置上去了。

矿车又在轨道上欢快地奔驰起来。

---

① 火筷子：夹木炭用的金属筷子。

"万岁！"阿武和阿敏尽量把手抬得高高的，欢呼起来。两个年轻人大概是听到了他们的叫声，也许是在为自己本想捉弄人，反倒遭到了报应，感到不好意思了吧？眼睛故意朝别处望着开了过去。

　　"咱们回家吧。"

　　"不然那个好叔叔也会训斥咱们的。"

　　回去时，不认识的孩子们也和阿敏、香津子和阿义他们一起离开了草地。当他们各自抱着自己捡到的石块来到马路上的时候，太阳已经有些暗了，不知从哪里吹来一阵凉风。白云不知不觉在他们的头顶上散开了。

　　半路上，他们与西山和那些不认识的孩子们分手了。

　　"回家后，要把石头分给大家。"阿敏一说，阿义也跟着说："下次理科课，我要拿到学校给老师看。"

　　大家回想着愉快玩耍的一天。夏天那金黄色的太阳更暗了，不过，离天黑还有一段时间，足够再玩一阵子的。

阿武与传说

这是阿武今年暑假去叔叔的村里时，听说的故事。

一天，他散步到村边，看见那里有一座大宅院，像城楼一样，有土墙围着。被风吹雨淋、变得破旧了的大门紧闭着，里面不像是有人居住的样子。

"为什么呢？"阿武觉得很奇怪，就透过门缝朝里面张望，除了住房之外，还有土墙仓房，可是，各处的隔板都已经脱落，也没有修理，竹林下面堆满了枯叶，好像也没有人清扫。周围一片寂静，只有麻雀在叫。

"这家的人到哪里去了？"

回到家里，阿武立刻向叔叔打听这件事儿。

"那座像个闹鬼的大房子里面，没有住人吗？"他问。

叔叔笑着看了看阿武的脸："原来你跑到那里去了！

不错，是有一阵子风传那里闹过鬼。是一个很好的教训，我就把那座房子的故事讲给你听听吧……"叔叔给阿武讲了下面这样一段故事。

那是很久以前的事了。

一位老实厚道的农民像往常一样，早上早早起来，扛着锄头离开家，到地里去干活。土湿湿的，还没什么人走过。当农民来到村边上的时候，发现路上掉了一个东西。

"什么东西呢？"他停住脚步，拾起了那个包。相当重，打开包一看，他吓坏了。难怪这么重呢，原来袋子里面装了很多小金币。

"谁把这些钱给丢了？一定是急着赶路，没有发现。真是太倒霉了！不过，失主大概还没走多远，肯定会返回来的。"老实厚道的农民想。

他把那只包挂在了路旁一根显眼的树枝上，然后，自己坐在下面看着。可是，不知为什么，失主没有回来。

一天过去了，两天过去了。可是，没有一个人急匆匆地赶回来。他觉得这样每天不干活等下去，太没劲了。

不过，到了第三天，一个上了年纪的云游僧从他面前走过。

"哎，问问这位和尚，也许会有什么线索。"

他忽然想到了这些，就叫住了和尚，告诉他自己为什么等在这里。看上去德高望重的老和尚默默地听完了农民的话，说："你等到现在还没有人回来，说明那个失主不会回来了。那些钱想必是恩赐给你的。你就用那些钱开垦一片田地，救济困难的穷人好了。那样你就会积下功德的。"农民觉得和尚说得对，就按照和尚说的做了。

这个农民即使变成了地主，也没有剥削佃户。还是像过去一样保持着农民的本色，和大家一起劳动，同甘共苦，因此，村里人都把他当成恩人一样爱戴，非常尊敬他。

不久，就到了下一代。现在的这座大宅院，就是这代人建造的。不过，这代人也遵守父亲的遗嘱，没有忘记同情和怜悯村里人。而且，自己也和大家一起到田里劳动。这一代人也平安地过去了。

等到第三代接班之后，发生了很大变化。他觉得老实厚道的祖父和父亲甘愿与大家一起劳动、同甘共苦，实在是一种愚蠢的行为。

"过去是过去，现在是现在。我这个大地主，用不着再和佃户一起劳动了。"他说。

第二代人修建了宅院，建造了仓房，是为了把祖宗的家业留给后代。然而，到了第三代的他，已经没有这种想法了，他只顾得自己吃喝玩乐。因为他讨厌下地干活，过着奢侈的生活，所以总是缺钱花。他苛刻地向佃户征收地租，可还是不够花，于是，又企图通过开矿山，投机倒把来赚钱，结果，反而把财产全部都赔了进去，连房子土地都不得不转让给别人。

"听说那座宅院秋后就要拆掉，造农田了。不管祖先多么了不起，后代如果没有那种崇高的精神，就会落到这个下场的。"叔叔说。

阿武谢了叔叔，说是听到了一个意想不到的好故事。

在什么地方活着

　　小猫虽然不知道自己出生前母猫的生活，但是从他记事时起，他们就无家可归，一直被人追赶，被人欺负。母猫把小猫生在一个破旧的库房的角落。在那里住了几天之后，小猫的眼睛终于睁开了。母亲一回来晚了，他就会从空箱子里面探出头来，朝着明亮的方向不住地哭叫。母猫一听见他的哭叫声，就会匆匆忙忙地跑回来，然后，迅速跳进箱子里，赶紧给孩子喂奶。

　　但是，这里也不是安居之地。有一天，库房的主人突然发现了他们，大发雷霆："什么时候跑到这里来做窝了？快给我滚出去！"说着，就操起扫帚，把他们轰了出去。可怜的母猫只好赶紧叼起小猫，逃了出来。他们穿过空地，朝林子那边跑去。

那里有一座小祠堂，母猫想着，祠堂的廊下也许会安全一些吧！可是，那里充满了湿气，到处都挂满了蜘蛛网。当她发现那里还是野狗的藏身之地后，就毫不犹豫地离开了。母猫无奈，只好又叼着孩子，返回到镇子里来了。

　　秋天就快结束了，镇子里格外寂静。这天，没有风，蓝天上的太阳温暖地照射着各家各户的屋顶。母猫发现了一户开着窗户、晒着被子的两层楼的人家，就大胆地攀过了围墙。因为她想，现在无论多么冒险，为了小猫，都必须要找一个好地方。幸好没有人在家，她马上把小猫带到了里屋。她伸开身子躺下，给小猫喂奶。如果能这样一直待下去的话，猫母子俩该有多幸福啊！如果换了一般人饲养的猫，这种奢侈根本算不了什么，可是对于这两只野猫来说，却是非分的要求。然而，就是这种片刻的安宁，也付出了可怕的代价，很快就遭到了厄运。女主人顺着梯子爬上来，大吵大闹，跑去拿棍子要殴打他们。女主人想，要是给无家可归的野猫住进来，那可不得了。她大概是为了防止这种事情再次发生，所以要好好地教训他们一顿吧！但是，等她跑回来的时候，两只猫已经不见了。

　　每家每户的屋顶挨得紧紧的，如同滚滚的波涛。对于不能住在地面上的猫母子来说，这里恐怕就是唯一的安身之地了。两只猫已经不想再下去了。要是不刮起让人瑟瑟发抖的寒风，那就更好了。

"你哪儿也不准去，知道吗？就待在这儿别动，等着妈妈回来。"

母猫这样告诫小猫。夹在高房子中间，这座不起眼的平房相对比较避风，但也有些日子，被太阳一晒，马口铁的屋顶会升腾起一阵阵热浪。要是小猫独自的时候不乱走，这里倒是一个比其他任何地方都好的地方。不过，因为小猫已经懂得每次被人追赶、被人欺负，都是母猫拼命保护了自己，所以小猫从来不会违背母亲的叮嘱。

母猫一边惦记着留在屋顶的小猫，一边到各处的垃圾箱和人家的后门去寻找食物，那可不是一般的辛苦。不管多么着急，都要找到吃的，不能空手回去。

一听到爪子翻墙时发出的尖利的响声，小猫便知道是母猫回来了，于是，就叫唤着从屋檐下探出头来。

这时，被夕阳一照，母猫那瘦削的身躯在屋顶上拖出一条长长的灰影。她毛色灰暗，肚子两边瘦得不成样子。她看到孩子平安无事，便高兴地把带回来的食物给它吃。而自己却好像忘记了饥饿，眯缝着眼睛，心满意足地看着孩子在吃东西。

冬天的夜晚，寒风刺骨。风毫不留情地在屋顶上吹过。母猫把孩子推到墙角，用自己的身体挡住风，用自己的体温给它取暖。因为这样，小猫才得以安稳入睡。这一幕，在小猫的一生当中，不知留下了多么深刻的烙印！

早晨，太阳一出来，母猫便出门了。屋顶上的霜像白雪一样，白晃晃的，十分刺眼。小猫不禁打了一个寒战。

刚走出去的母猫回过头来，望着它说："今天，会是一个好天！我回来再跟你玩。"

不知是谁住在这屋顶下面，但是一早一晚都会听到朝气蓬勃的说笑声，不过白天非常安静。从这点来看，年轻人白天似乎到什么地方去上班了，老人留在家里看家。大概只有一位老人吧，常常可以听到嘶哑的咳嗽声和水池传来的流水声。没有别的淘气的孩子，实在是万幸。

旁边有一棵高大的构树①，落叶被风吹卷着，堆积在导水管和屋檐边上。那些落叶时不时地会像龙卷风一样漫天飞舞，两只猫一边在屋檐的角落里避风，一边望着这些。

一天，在阳光照耀的屋檐上，母猫和小猫正在互相愉快地嬉耍着。这时，不知从哪里传来了说话声："只吃瘦成那样的妈妈的奶水，这小猫还真够胖的。"这说话声，是从对面一扇高高的窗户里传来的。一个少女一边望着这边，一边对身后的妹妹说。怕吓着两只猫，两

――――――――――
① 构树：一种桑科落叶乔木。

个人躲避着，不让猫发现。少女把手里的面包掐碎。突
然，传来了一个响声，什么东西掉到了猫的身边。母猫
吓了一跳，缩起身子，摆好架势，准备迎战突如其来的
不速之客。保护孩子比自己逃跑更重要！母猫环视了一
下四周，可却没有找到敌人的影子，原来掉下来的是一
块香喷喷的、涂着奶油的面包。

"是谁扔的呢？"母猫疑惑了一下，抬头朝高高的
窗户上望去，只见两姐妹正笑着望着这边。看到这种情
景，母猫知道她们没有恶意，不过还是不敢大意，所以
没有去接近食物。

"是给你们的，吃吧！"为了让母猫放心，少女这样
说道。小猫终于忍不住了，靠近了面包。母猫好像允许
了似的，在一边看着。不知是不是为了让给孩子，自己
才没有去吃。少女又掐了一块面包扔了过去。

"这回是给你的。"

母猫这才把掉在面前的面包慢慢地放进了嘴里。

整个冬天，两只猫都住在这一带的屋顶上，一天到
晚跑来跑去，寻找阳光。当春天到来的时候，小猫已经
长得很大了。

后街有一片街坊邻居种的地，地里的油菜开出了灿
烂的黄花。对别人还是很戒备的小猫，开始和喜欢自己
的少女亲近起来。

这时候，在飘着白云的天空下，小猫躲在叶子后面，正要去捉一只要落到油菜花上的白蝴蝶。虽然又回到了地面上，但母猫已经不再像以前那样追赶小猫，而是尽量地远离他，看着他尽情地玩耍。

"马上就要独立生活了，我不会再跟着你了。"母猫嘴上没说，只是眯缝着眼睛，看小猫能不能捉到蝴蝶。

同样在一旁观看的少女，觉得小猫的样子实在是可爱，就不声不响地绕到后面，出其不意地抱住了它，贴到了脸上。母猫目睹了这一切。这时，她就好像已经看穿了小猫今后的命运似的，"喵"，悲伤地尖叫了一声。只留下了这一声尖叫，然后她就不知跑到哪里去了。从此，母猫的身影再也没在这一带出现过。

"妈妈，收养这只小猫吧。"在姐妹俩再三恳求下，这一愿望终于实现了。

从今往后，小猫再也不会挨雨淋，再也不会因为挨饿睡不着觉了。

"你妈妈到哪里去了呢？你能受到大家的宠爱，真幸福啊！你妈妈肯定还在什么地方活着。"

少女这样对小猫说。即使是这样面对面，人和动物还是有隔阂的。想法不一样，不管说什么也无法沟通，这让少女很伤心。

冬天终于要过去了。一个狂风暴雨的夜晚，风吹着屋顶，敲打着窗户。一直一动不动静听风声的小猫，突然变得焦躁不安起来，在屋子里闹个不停，要到外面去。

"这猫的样子有点反常啊！快把它放出去吧。"连少女妈妈也这么说。姐姐把木窗打开了一条缝，狂风立刻吹了进来。

"这么大的风，你要到哪儿去呀？"少女说。小猫冲到黑暗中，彷徨着如同在追随一个看不见的影子，不断悲切地叫着。

"啊，一定是想起母猫了。"姐妹俩互相望了望。

母猫领着小猫走在屋顶上那消瘦的身影，清晰地浮现在两人的眼前。

小猫好像跑到很远的地方去找母亲了。风声中断时，隐约可以听到他的叫声。大概是因为风声，无意中勾起了他那些难忘的记忆吧？那些在寒风呼啸的夜晚，在静静地下着霜的黎明，被母猫拥抱着安然熟睡的记忆。

山顶茶馆

　　山顶中央有一家茶馆。从城里来、到远处村子里去的人，和从远处村子里来、经过山顶进城去的人，都要在这座茶馆歇歇脚。

　　这里只住着一位老爷爷。虽然是个男人，却总是把店里打扫得干干净净，而且待客非常热情，端茶倒水，递点心，有喝酒的客人，便会端上来现成的菜肴和烫好的酒。自从老伴死了之后，老爷爷一直都是这样一个人做生意，深受大家的爱戴。来来往往路过这里的人很多，老爷爷总是笑眯眯的，一视同仁，谁见了他都叫他："大爷，大爷！"

　　忙的时候，瘦小的老爷爷不停地跑来跑去，没有工夫考虑别的事情。可是，没有客人来的时候，就一个人迷迷糊糊地坐在店里。于是，不知不觉困意上来，便打起盹来了。

人一老，这么一个人静静地发呆的时候，睁眼闭眼都差不了多少，似乎是梦中，又似乎是现实，恰似喝醉了酒时的那种心情。

老爷爷近来一直都在这样的日子中度过。户外秋色明媚，空气清新，遥远的山麓传来火车开过的轰鸣声，远处森林里的鸟鸣声也清晰地传入耳际。

老爷爷听着火车渐渐远去的声音。很快，火车好像转过远处的山脊，向海岸开去，随着一声汽笛声响彻高空，火车声渐渐地消失了。

"大概从火车的车窗，已经可以看到海面上的白浪了吧？"

老爷爷觉得，自己好像就坐在那列火车上。

他还想起了年轻的时候带着儿子上山砍柴，捡回来好多新鲜的蘑菇。当时从冰冷的地面飘出的那种令人感到亲切的枯叶的气味，至今还记忆犹新。那时老伴还硬朗着呢，回到家，立刻就把蘑菇放进锅里煮。

这会儿鸟的叫声，让他又感慨万分地想起了当时的情景。

既不是梦，也不是现实，就在老爷爷静静地沉浸在愉悦的想象之中的时候，早上从门前经过、进城办事的村里人已经回来了。

老爷爷对面的大山，也是一样的悠闲恬静。山峰和山谷被装饰得五彩缤纷，好像在万里无云的蓝天下沉思。虽然明明知道在这样的好天气之后，便会有迎接冬天到来的狂风暴雨，但因为陶醉在从春天至夏天的灿烂的回忆之中，所以就忘记了日头正在变短。何况这时没有任何一件事情，来破坏老爷爷和大山的恬静的心境。

然而，有一天，老爷爷从来茶馆歇脚的村里人那里，听到了这样一个谣传。

"老爷爷，上次糖果店老板经过这里，不是喝得酩酊大醉了吗？"

"啊，喝了个痛快之后，我就让他回去了。"老爷爷笑眯眯地回答。

"怪不得呢，听说被狐狸迷住了，在林子里整整待了一夜。"

"哎？糖果店老板吗？"老爷爷吃了一惊。

"他本来是想走上进城的那条路的，不想却在同一条路上兜来兜去，醒来之后才发现自己躺在西山的林子里睡着了。"村里人说。

老爷爷想起来了，当时糖果店老板喝得很痛快，还跟他讲起了小时候的事情，"小的时候我曾经到西边的那座山上捡过蘑菇"。记得他还非常眷恋地望着远处，嘴里嘀咕着："好像就是那座山，不，应该是再靠这边一点的那座。"因为当时喝醉了酒，所以也许自然而然地脚就朝那边走去了吧，对，老爷爷把当时的情况跟村里人说了。

"怪不得，也许就是这么一回事。没错。现如今还有被狐狸迷住的事儿，真是荒唐！"

那个村里人也这么说着，笑了起来。

谁知，这个狐狸的故事被传得神乎其神了，第二天，村里的副村长来到了茶馆，问："老爷爷，听说有个坏狐狸出来骚扰人，您这儿没什么异常的情况吧？"

老爷爷笑眯眯地说："说是糖果店的老板被迷住了。"

"村里的女人们从城里回来时，搭在肩上的咸鲑鱼也在半道上被抢走了。听说是从后面跑过来夺走的。"

"那是什么时候的事？"

"就是两三天前，天刚黑的时候。"

听到这里，老爷爷眼前浮现出两三个年轻妇女一边喋喋不休、叽叽喳喳，一边从这座茶馆前面经过的情景。其中一人肩上搭着鲑鱼，每当她摇晃着身体开怀大笑时，鲑鱼都会像钟摆一样，左右荡来荡去。当时，他就替她担心，可不要掉在半路上啊！

"以后天冷了，没有吃的了，还不知会闹出什么事情呢！"

副村长说到这儿，点着了香烟。

"会不会是掉在路上了？"老爷爷说。

"怎么会呢？说是都看到狐狸逃走的背影了，肯定是真事。"副村长对此坚信无疑。

"老爷爷，狐狸的事没什么大不了的，要紧的是，明年这前面就要通公共汽车了！"副村长板起脸，一本正经地说。

"您是说公共汽车吗？"

"您好像还不知道吧？如果通了车，就没有人再像以前那样经过这里了。"

"没有人经过这里了？那这个生意也就没法做了吧？"老爷爷无力地说。

"世上变得方便了之后，有好事，也有坏事。但是，这正是需要动脑筋的地方。您想想看，从近处的村子来，还不都要走这条路的吗？汽车站如果决定停在这前面的话，那您这座茶馆还不知有多么兴旺呢！"

"是吗？"老爷爷歪着白发苍苍的头，把新泡的茶递到副村长面前。

副村长端起茶杯，又接着说："还是趁早开始活动吧！"

"活动？我这么老了，到哪儿去运动啊？"老爷爷拘谨地坐在那里，将枯瘦的手放在膝盖上搓来搓去。

"那倒不用，只要您有那个意思，我们可以替您活动。"年轻的副村长想揣测对方的心情，用敏锐的眼光看着老爷爷。

老爷爷心想：终归还是要钱啊。不知究竟要多少钱才能实现这一愿望？他半天没有答话。

"刚听说这事儿，您肯定马上拿不定主意。老爷爷，您先好好考虑考虑吧。"

说完这话，副村长就出了茶馆。

老爷爷最近一直预感有什么新的问题将要在自己身上发生，他感到了一种强烈的不安。也许是因为人老了，他思念起住在远方的唯一的儿子来。他想，终于要跟儿子住在一起，依靠儿子了。

客人都走了，就剩下老爷爷一个人的时候，他拿出儿子上次寄来的信，翻看起来。信上写着：您那边天气马上就要转冷，该下雪了。我们这边冬天也很温暖。父亲请到这边来吧，咱们父子在一块儿生活吧！我们也想趁着还没有孩子，尽点孝心。儿子好像是在工厂休息时间里写的，用的是工厂的信笺。老爷爷对文字中渗透出的体贴父亲的孝子之心，感到无比欣慰和无限感激，他将信举过头顶，又收到了佛龛的抽屉里。长年同甘共苦的老伴，也是一位十分温柔善良的母亲，现在已经变成了魂灵，似乎就在旁边注视着这一切，老爷爷给花换了水，敲了敲钲^①，然后，恭敬地合上了掌。

这时，好像有人来了。

"近来日头明显地短了。"

说着走进来的，是一位老农。

"刚从城里回来吗？"老爷爷亲切地迎了上去。

农民来到老爷爷身边，坐了下来。他一边对着老爷爷推过来的火盆烤火，一边点着了一只老式的粗烟袋锅。

两人从上小学的时候就是朋友。虽然也有其他好朋友，但要么就是已经死了，要么就是不在本地了，到了这个年纪还在交往、可以无话不谈的，只剩下他们两个人了。

"给你热一壶酒吧。"

"就盼着这个呢，所以在城里忍着没喝。"

听了这些，老爷爷往炉里添了些松树叶子，然后一边将铁壶吊在上面烫酒，一边用心平气和的语调讲起来："说是从明年起，这条路就要通公共汽车了。所以，刚才副村长来说要趁早活动一下，好让车站建在前边。你也知道，我已经老了，我想还不如干脆到儿子身边去算了。"

老农低着头，吐着青烟，眼睛一直盯着燃烧的烟

---

① 钲：佛具之一。

头，他安慰老爷爷说："怎么说也是父子俩啊，如果能够在一起生活，那最好不过了。但是你毕竟是在这里出生的，而且又是已经住惯了的地方，你舍不得离开这里的心情，我完全理解。两者都行，你再好好斟酌一下，自己想怎么样就怎么样吧。但是，你要是担心公共汽车从这条路上通过就做不成生意了，我倒觉得没有必要。坐车的人毕竟有限，每天背着东西进城的人不会坐那种东西的。而且，如果下了雪，车想过也过不来。这里，越是冬天，来歇脚的人越多，不必过早发愁。管他车站建在哪里呢，顺其自然吧。另外，无论发生什么事，我们都不会让你一个人为难的。"

农民接过老爷爷递过来的用酒壶斟的酒，喝了下去，然后老爷爷歪着头问："要不要再弄热点？"

"不用了，正好。啊，你要是能喝，真想跟你对饮呀，我总是觉得很遗憾。"

"你说什么呀，只要你喝得痛快，我也就像喝醉了酒一样，心情舒畅啊！"

两人一边亲切地交谈着，一边从敞开的拉窗中间，眺望着渐渐暗下去的山峦。

第二天，天气骤变。一大早就开始刮北风，而且越刮越猛，连大白天也没有过路人。老爷爷早早就关上了大门。

虽然外面的天空还有些微明，但屋子里点上灯后，就像夜深人静一般。这时，"咚咚"传来敲门声。

开始，老爷爷还以为是风声，没有在意。可是，因为接着又听见"咚咚"的敲门声，所以才知道是有人来了。

因为脑子里回想起有狐狸出没的谣传，因此，老爷爷警戒地走近门旁。

"有什么事吗？"老爷爷从里面大声问道。

"您已经关门了，实在对不起。"

说这话的是一个温柔的女人的声音。老爷爷愈发感到可疑，便把门开了一条缝儿，朝外面张望。

只见外面站着一位少妇，身边还带着一个小男孩，看打扮就知道是远方的客人。

"我以为不会有客人来了，就早早地把门关上了。"

"对不起，只要有芋头或是柿子吃就行。"女人说。

"啊，有有。"老爷爷哗啦一声把门打开了。

"请进来歇歇吧。你们要到哪里去啊？"老爷爷问。

"去前边的那座村子。火车晚点了，加上人生地不熟，问来问去才找到这里来。孩子说他已经走不动了，我一路鼓励着他，答应给他买点什么。"

老爷爷从里面拿来了装着柿子和芋头的托盘递给女人，又另外抓了一把煮熟了的板栗，亲手塞到了孩子的两只小手里。

"那可叫你们受累了！剩下没多远了，后面的路也好走。那就请赶快趁天亮早点上路吧。"老爷爷一边说，一边在心里想，一定是村里哪家青年在他乡娶的媳妇吧？

　　"多谢您的照顾。"女人道了谢，就牵着孩子的手，迎着风，消失在开始暗下来的路上了。

　　站在门口目送了一阵儿，老爷爷想到自己在远方也有一个儿媳妇。

　　"说不定什么时候也会这样找来的。"

　　如果那时候，城里的公共汽车要是能通到村里，该有多方便啊！一想到这些，至今脑子里一直考虑的那些生意事和自身得失，似乎一瞬间变成了落叶，都被风吹跑了似的。他感到只要世上能变得光明，就比什么都高兴，并真心地希望有更多的人能够幸福。

被埋葬的古镜

乌帽岳这个山名是后来才有的，以前，只知道它是一座三角形的山。山最初诞生在地面上的时候，周围很荒凉，什么也看不到。

那时，只能望得见遥远的北方那闪着紫光的大海。

"那是什么？"山想。对大自然一无所知的山，望着日出日落、变化万千的大海，感到很奇怪。但是，不能移动的山只能对自然产生各种幻想。

"怎么样才能到那里去呢？"

那时，山想，大风能不能把自己刮走呢，但是，还从来没有刮过那么大的风。孤零零的山当时觉得只有大海似乎与自己命运相同，所以很希望与它成为朋友。

仰望天空，星星仿佛每晚都在微笑，眨着眼与山说话，但是山想找一个更近的伙伴做朋友。

一天，大海的颜色显得尤为美丽清澈。山觉得大海好像是在暗示自己，所以，自己也以笑回报。于是，从那天起，它们俩觉得彼此熟悉了一些。

无论什么事情，只要去想，只要积极地去努力，总有一天会成功的。距离遥远的人们能够互相通话，也正是因为发现了电，了解了大自然的巨大威力。

因为山谷上涌起的云彩可以自由地浮动，山想到了可以使唤云彩。于是，有时云彩从山里飘向大海，有时从大海飘向山里，来往于山海之间。

海面上起浪的时候，波浪涌向岸边，撞击岩石，水沫如玉珠飞溅。远处缥缈的地平线如烟雾一般朦胧。白鸟在沙滩上成群地嬉耍，云彩回到山里后，将看到的一切风趣地描述给山听。

而当暴风雨袭击山里茂密的树丛时，树枝互相激烈地你推我搡。山顶垂落的瀑布如同猛烈的雷鸣，在四周回荡。云彩又跑到海上，将这一可怕的情景告诉大海。

就这样，白云从南方的高山开始移动，一直向北方的大海飘去，半路上，当它飘飘悠悠地经过一片平原的时候，发现到处都是农民居住的稻草屋，可以隐约看见男男女女在田里耕种，还有牛马和狗的影子。

丛生的树林里有一座红漆神社，神社前面有人跪在那儿虔诚地祈祷。正好这时一个男人正在对神明道谢。

"神明大人，感谢您让我作为人降生。如果不是那样，我每天肯定要吃苦受罪，挨打受骂被追赶得到处乱跑呢。托您的福，我能使唤上牛马了，活儿也不累，而且过上了舒服的日子。这些都是神明您让我托生为人的恩德啊！"

这个男人走了之后，接着来到神社前跪下的是一位还很年轻的姑娘。只见她虔诚地合掌而拜，低头祷告。

"现在有七个男人向我求婚，但是我心里只爱其中的一个。我无法坦率地吐露这些，因为其他的六个男人身份都比他高贵，比他富有，也比他有势力，所以，如果他们知道了这些，肯定会嫉妒，不知会如何报复的。我想索性跟他两个人逃到山里去，可要住在有熊和狼的森林和山谷里面，肯定会被咬死的。神明大人啊，我们俩怎么样才能白头到老，永远在一起呢？请您发挥发挥您的神力，保佑保佑我们吧。"她在地上磕了半天头。

不久，秋收一过，村里在神社院内举行了庆祝祭奠。这天，她将七个男人送来的七面镜子用绳子串起来，挂在脖子上舞蹈。要等待神社的启示，选定其中一个人。

知道内情的亲人担心会发生什么意外。这时晚霞正好映照在神社的上空，云朵绯红。

"请神明大人把无用的镜子都打碎吧！请只把其中的一面永远地赐予给我吧。"姑娘一边祷告，一边像一只飞鸟似的翩翩起舞。

神社周围点燃的烛光，摇曳着映照在镜面上。

七个男人又伤心又无奈。因为姑娘突然患病，在秋叶尚未凋落之时，就匆匆地离开了这个世界。

在神社后面挖水池，已经是两百年以后的事情了。后来，山上涌起的白云飘到海上去的时候，云彩的身影不知有多少次映在了那个水池的水面上。

埋葬姑娘的地方不知从何时起，被称为古坟了。那之后，又过了几百年的岁月，山河和原野没有什么特别的变化，但城市和农村随着时代的变化，面貌皆非了，人和牛马也在一代又一代地生死轮回。

红漆神社也由于长年风吹雨淋，老朽破损了，每次，都由村里人重新修建，不过，还稍微保留着一点昔日的面影。然而，有关古坟的详细记载一点也没有留下，只知道是远古祖先的坟墓，现在的村里人，连它建造的年代都不知道了。

看到学者站在池边，意味深长地仔细观看周围的景色，给他带路的村公所的年轻的书记在一旁说起了这样一个传说："听老人们说的，当宁静的正午，悄悄地走近水池时，会看到一条金蛇和一条银蛇，嬉耍着在水面上游动，并向神社那边爬去。过去一直传说看到这些的人，不久就会有幸福降临。"

学者默默听着，点着头问："还有没有其他类似的传说？"

"为了学术研究，我想挖掘这座古坟，请村里务必协助。"他请求书记。

"我也不知道村长和神官会怎么说，要问一问才知道，上次提起这事的时候，他们说怕闹鬼，谁也没敢沾手。"书记说。

"我觉得好像会有什么新发现。"学者透露了自己的想法。

由于学者说是为了做学问，书记似乎也动心了，积极地到处去说服人们。功夫不负有心人，村里终于同意挖掘了。

春天一个风和日丽的日子。田里古坟边上有一棵柿子树，细枝条上长出了光泽柔润的嫩叶，嫩叶被春风吹拂着闪闪发光，白星星似的花朵正在盛开。

村里的年轻人聚集到这里，挥动着锄头挖土。虽然并没有怎么震动，可柿子花却从树枝上落了下来，纷纷扬扬地掉到了冰冷的土地上。

"花也好，叶子也好，很难完美地保留到秋末啊！"大概是触景生情，书记仰望着柿子树，对一个一起共事的学校男教员说。

当棺材被从周围砌着石头的深土中挖掘出来的时候，已经是暮春时节了。

棺底的白骨和残缺的土器，以及七面古镜引起了人们的注意。学者根据骨骼判断出死者是一位年轻的姑娘。

七面古镜中的六面都已经锈得破烂不堪了，但是不知为什么，只有一面虽然有些模糊不清，但仍泛着些许光泽，拿到亮处一看，甚至还可以朦朦胧胧照出人影。

"为什么只有这一面没有腐蚀呢？"

这成了所有人的疑问。

"既然是同样的金属制造的，为什么只有这一面没有腐蚀呢？"村公所书记向学者询问。可是这个谜，即使是学者也没有马上解开。

几天之后，这位博士站在研究室的窗口，久久地凝视着外面初夏的景色。

连日干旱，干燥发白的柏油马路上，稍稍刮一点风就会扬起一片尘土。匆匆走过的行人的身影和路边的法国梧桐的树影，隐隐约约地在马路上晃动着，看上去不由得令人产生一种凄楚之感。

在研究室工作的小田助手，同时也是一位青年诗人。正因为是诗人，所以会对几个世纪前的人类生活产生兴趣，总是在心里幻想着一幅幅美好的图景，也充满了憧憬。

小田助手走进屋来，博士和他详细地说了这趟旅行中看到的北方与经历的各种事情。

比如那座红漆神社，那个水池，水池旁边的古坟，传说的故事，棺材挖掘出来时的情景，博士一边回忆着当时的情景，一边讲述着。

小田助手目光炯炯地听着博士的讲述。

"不过，只有一件不可思议的事情。那就是棺材里的七面古镜只有一面没有腐蚀，至今仍然在闪闪发亮，而剩下的六面都已经锈得破烂不堪了。都是用同样的金属造出来的，不知是为什么？"

博士不解地歪着头，从皮包里取出古镜，给小田助手看。

"为了科学研究，我一定要解开这个谜。"博士又说。

"古时候说，镜子是女人的灵魂，所以，这里面也许蕴涵着灵魂呢！"不愧是小田助手，抒发了诗人般的感想，他接过镜子，小心翼翼地抚摸着，盯着它注视了好一会儿。

"只有分析这种金属才能搞清楚。如果是用同一种金属制造的，不可能只有这一面镜子不腐蚀。"身为科学家，不能把幻想当作事实来相信，博士用冷静的口吻回答了助手。

但这时，博士又对小田助手说：无论是协助发掘古坟的村公所的年轻的书记，还是学校的老师，听上去，年轻人都是诗人，没有只依靠物质，这点与以往的学者不同，懂得灵魂存在的这种态度，似乎可以为考古学的未来开辟出一条光明大道。

这是第二天早上的事情。博士朝研究室走去，他期待着仔细调查和排列在旅行地采集回来的各种材料。

"教授，早上好！这面古镜果然不可思议啊，我一直在等着教授您来呢！"昨晚值夜班的小田助手一看到博士，差点扑了过来。

"什么事情不可思议？"博士不由得心情激动起来。

"请您到这边来，请看！"小田助手带着博士走进静悄悄的、昏暗的研究室。

里面点着一支粗大的蜡烛。如同上升的阳气般的烛火，照在下面的古镜的镜面上。

博士抑制住激动的心情，朝镜子望去，只见上面朦朦胧胧地浮现出一对穿着奇装异服的男女。

这位老考古学家的眼睛直勾勾地盯着古镜，好半天没说话，过了一会儿，他才呻吟般地用低沉的声音叫了起来："啊，看来女人还是只深深地爱着七个男人中，给了她这面镜子的那个男人啊。"

谜底终于解开了。

"教授，就是说，这个女人正是为了保持贞操，才选择了默默地死去。"小田助手问。

　　"的确如此。死了以后，两个人在九泉之下实现了追求永恒幸福的誓言。"博士回答说。

　　"西方有赠送订婚戒指的风俗，而在东方的日本，虽然过去就有镜子可以照出女人心的说法，女人们格外珍惜它，但好像还没有听说过有用它来订婚的习俗吧?"小田助手说出了心中的疑问。

　　"女人视镜如命，但这都是结婚以后的事情，订婚时是否赠送镜子，则不知道了。因为是重视誓言的过去的事情，所以即使是用了镜子，也没什么可奇怪的，去查一查古文献资料，也许会有更有趣的发现呢!"博士一边回答，一边仍然歪着头思考。

　　"可能的话，真想把这面古镜再埋回原来的墓里去。"年轻的助手这样请求道，身为考古学家的博士同意了。

　　当小田助手把古镜装进一只新木箱里，启程去北方时，夏天已经过去一大半了。乌帽岳山顶上出现的奇形怪状的积雨云，俯视着平原，正要向海上飘去。

野蔷薇

一个大国和一个比它稍小一点的小国，是邻国。一开始，这两个国家之间什么都没有发生，非常和平。

这里是远离京城的边境。两个国家都只是各派了一名士兵，在那里守卫着标志国境的石碑。大国的士兵是一位老人，而小国的士兵是一位年轻人。

两个人分别站在石碑的左边和右边。这是一座非常荒僻的山，偶尔才会看到有过路人从附近经过。

开始的时候，两个人还不认识，分不清敌我，互相没说过几句话，可是不知不觉之间两个人就成了好朋友。因为除了他们两个人之外，就没有别的人可以说话了，无聊透顶。加上春天天长，天气晴和，头上的阳光又明媚。

恰好是在边境线上，也没有人栽种，就长出来一棵枝繁叶茂的野蔷薇。一大早，蜜蜂就飞了过来，聚集在花朵上。两个人还在睡梦中就听到了蜜蜂那欢快的振翅声。

　　"喂！快起来吧，已经有好多蜜蜂飞来了。"两人不约而同地起来了。来到外面一看，果然，太阳正挂在树梢上，放射出灿烂的光芒。

　　每当两个人用从岩石缝里流出的泉水漱口洗脸时，便会打照面。

　　"噢，你早！天气真好啊！"

　　"可不是嘛！天气好，人的心情也舒畅。"

　　两个人站在那里聊起天来了。两个人抬起头，望着四周的景色。虽然每天看到的都是同样的景色，但每看一次，心里都会产生新的感觉。

　　起初，年轻人不会下象棋。当老人教会了他之后，到了悠闲的晌午，两个人每天都会下上一局。

　　刚开始的时候，老人棋艺惊人，会把对方的棋子吃得净光。可是下着下着，再按常套出棋，老人也会输棋了。

　　年轻人和老人都是非常好的人。两个人正直，又诚恳。虽然两个人在棋盘上杀得天昏地暗，可是心却亲密无间。

　　"哎呀，这局我要输了。总是这么逃来逃去的，真受不了啦。这要是真的打起仗来，还不知会怎么样呢？"

老人说着，张开嘴哈哈大笑起来。

年轻人一看又要赢了，一脸的喜悦，眼睛闪闪放光地去拼命追赶对方的将王了。

小鸟在树枝上开心地唱着歌。白色的蔷薇花飘来阵阵醉人的芳香。

这里也有冬天。天一冷，老人就开始怀念起南方来了。因为他的儿子和孙子都住在那里。

"真想早点请假回老家去。"老人说。

"您要是回去了，就会来一个陌生人。那个人要是和您一样诚恳、善良的话还好；要是一个敌我分得很清的人，就不好办了。所以，请您再待一段时间吧，春天很快就会来的。"青年说。

不久，冬去春来。就在这个时候，两个国家之间由于某种利益之争爆发了战争。这样一来，迄今为止每天一直和睦相处的两个人，一下子变成了敌我关系。这实在是令人不可思议。

"从今天起，你和我就成了敌人了。我虽然已经老得不中用，但毕竟还是个少校，你只要把我的头拿去，一定可以立功受赏，把我杀了吧。"老人说。

听了这话，年轻人一脸的惊愕："您说什么呀？我和您为什么要成为敌人？我的敌人应该是别的人。战争在北方，我要去那里战斗。"年轻人说完，就走了。

边境线上，只剩下了老人一个人。从年轻人走了的那天起，老人的日子就过得茫然起来了。野蔷薇花开了，蜜蜂仍然从早到晚聚集在花丛上。现在，战争还离得很远，即使是竖起耳朵来听，也听不到枪声；即使仰望天空，也看不到硝烟。从那天起，老人就开始担心起年轻人的命运来了。日子就这么一天天地过去了。

有一天，一个过路人经过这里。老人问他战争进行得怎么样了。过路人告诉老人，小国打败了，小国的士兵全都被杀死了，战争已经结束了。

老人心想，这么说，那位年轻人也已经死了吧？老人挂念着这些，垂头丧气地坐到了石碑的基石上，不知不觉，就迷迷糊糊地睡着了。只觉得远方来了许多人。一看，原来是一支队伍。骑在马背上指挥那支队伍的，正是那位年轻人。那支队伍十分肃静，鸦雀无声。不久，当那个年轻人从老人面前经过时，默默地向他敬了一个礼，并闻了闻蔷薇的花香。

老人正想说些什么，却一下子醒了。原来是一场梦。后来，大约又过了一个月，野蔷薇就枯死了。这年的秋天，老人请假回南方去了。

天下一品

　　有一天，一个男人在想入非非。

　　"整天干活，真是无聊！发不了财，日子也过得不舒服。真是太愚蠢了！总听世人说，有人挖到了装着金币的大瓶子，如果我挖不到那样的东西，肯定发不了大财。"这个男人仰面朝天地躺在那儿胡思乱想。

　　这时，他的目光落到了摆在架子上的一尊旧佛像上。这是家里传下来的，从很早以前就一直这么摆在架子上。因为太大，佛龛里摆不下。

　　"这佛像能值多少钱呢？肯定不会是什么值钱的东西，还缺了一只手。不过，要是这佛像是件宝物、价值连城的话，那该有多福气啊！我就可以买很多很多的田，还可以到各地去游玩，还可以做些漂亮的衣裳了吧。"男人望着被熏黑了的佛像想。

屋外，已经有麻雀飞来叫着找食吃了。若是往日，男人该是扛着锄头下地干活的时候了，可是今天，他觉得干活太愚蠢了，根本就没有那个心思。

男人站起身来，从架子上取下那尊佛像，仔细地端详起来。这么多年，他还从来没有像这样把它拿在手里端详过呢。他越看，越觉得是一件宝物。

听已故的父亲说，这是他有一回从过路的旅人那里买来的。

"这说不定是件宝物呢！"他陷入沉思之中。

村子里有一个整天无所事事的精明人。村里的人们都叫他精明人，只要问他，无论是向政府申请登记什么，还是鉴定书画，以及法律上的一些小事，他都知道，因此他就成了村里的万事通。尽管他的日子过得并不怎么舒服，只靠买卖土地和做诉讼代理人等差事得到的报酬来养活一家，但因为他名声在外，所以他说的话，村里的人还是会当真。

"拿到那个万事通那里，叫他看看吧。如果是件没有什么意思的东西，就当没那么一回事，但万一是件宝物，那可就赚大钱了。人说不定就会在什么地方碰上好运的……"男人摆弄着落满灰尘的佛像想。

男人用包袱皮把它包起来，然后出了家门。当他走过田间小路时，大伙儿都在勤奋地劳动，自己本来今天也应该给白薯施肥的，可他东张西望地走了过去。

万事通正坐在家里发呆呢，见男人夹着佛像走了进来，就想，肯定是来鉴定什么东西的，便摇晃着光光的秃头出来迎接男人。

"哟，您这么早就来了，欢迎欢迎。"

"不为别的，我想让您帮我看看这件东西。"男人说。

"是件什么东西呀？"万事通盯着包袱。

"是尊佛像。"

"这可是件了不起的东西呀！"还没看呢，万事通就已经在赞不绝口了。

"要是件宝物就好了，但我想肯定不会是什么值钱的东西。"男人解开包袱皮，把那个熏黑了的佛像递给了他。

"果然。"万事通点着头，接过佛像，出神地看了半天。

这期间，男人不觉心里怦怦乱跳，好像在等待着接受什么可怕的宣告。

"怎么样？"男人终于忍不住问。

"实在是件了不起的东西啊！"万事通只说了一句，仍然出神地注视着佛像。男人简直不敢相信那句话，心里产生了一种异样的感觉。

“是件不值钱的无聊的东西吧……”男人怀疑地说。

“天下一品啊！起码值一千两。”万事通感叹地说。

当知道它果真是件宝物之后，男人便开始做梦了，与其说是惊喜，不如说是头脑有点发昏了。

他一狠心出了很多鉴定费，然后就紧紧抱着佛像，按原路回家了。大伙儿都在阳光下拼命地干活。太阳在天上用柔和的目光，守护着劳动的人们。然而，男人却把给白薯施肥的事儿忘到了脑后，眼睛根本就没有朝田里看。

“那个万事通说的话从来没有错过。今天他好像真的很激动……至少一千两……啊，这可是一大笔钱啊！这不正是我梦寐以求的吗？不，不是梦。一千两……也许有的买主还可能出一千五百两呢！这笔钱我怎么花呢！”想到这儿，男人已经坐卧不宁了，他只觉得浑身发热。

村子里有一尊被万事通称为“天下一品”的佛像的消息，很快就传开了。让我也看看，也让我看看，大家都跑到男人家里来见识佛像了。

人们站在佛像前面，你一言我一语地议论开了，有人说：“多么尊贵的面容啊！”有人说：“眼神真是仁慈！”还有的人说：“多么神圣啊！”

“这就是价值一千两的佛像啊！”人群中有的人毕恭

毕敬地凑近观看。

话说这个村子里，有一个雇了很多佃户、银行里有存款，整天无所事事的大财主。他想要的东西都买了，想看的地方也都看了，可是却没有一件事情能让他满足。世上不是有钱就开心的。他平日就在想，要得到一件天下一品的东西，要得到一件谁也没有的稀罕玩意儿。

村里有尊天下一品的佛像的消息，也传到了这个财主的耳朵里。一听说就在手下人的家里，财主坐不住了，他立刻就跑到了那个男人家里。

"有人吗?"财主来到男人家。以前，财主从未来过男人那又窄又黑的家。

"是老爷呀!"男人说着，出来迎接财主。

"不是为别的，就是想来看看那尊天下一品的佛像。"财主说。

"我终于要走运了!"男人在心里嘀咕说。

"就是供奉在那里的那尊佛像。"男人说。

不知什么时候，佛龛里已经收拾得干干净净，佛像前还摆满了鲜花和水果。

财主才不管它是什么样子呢，只要能用钱把天下一品买到手。他什么东西都想归为己有。

"啊，果然不错。"财主轻轻地点了点头，他把它拿在手上，仔细端详了一番后说，"是件好货色啊，相当古老。我虽然也见过比这更好的东西，但是，这也是一只不错的佛像啊，只可惜缺了一只手。我很喜欢佛像，正想得到一尊呢，怎么样？就把这尊佛像卖我吧。"

男人心里高兴，但嘴上却没那么说。

"那个万事通说了，天下一品，起码也值一千两。毕竟是祖传的宝物，所以，我不太想卖。"男人装模作样地说。

听了这话，财主越发想要这尊佛像了。

"怎么样？一千两，就卖给我吧。"财主说。

男人甚至还想卖两千两。

"行啊，我考虑考虑。"男人应付说。财主想，除了自己之外，恐怕不会再有别的买主肯出一千两买这尊佛像，于是，这天就回去了。

邻村里还有一个财主，这个财主也很想看看天下一品的佛像。所以，专程跑到男人家里来了。

"请让我见识一下佛像。"财主请求说。

"请吧，请看吧。就是那尊佛像。"男人指了指架子上的佛像。

"啊，就是那尊佛像呀！胎子是黄金吗？是用什么做的？"邻村的财主问。

"不知道，我也不知道胎子是什么，但请人鉴定时说，至少值一千两。刚才，村里的老爷还来过，说是让我以一千两卖给他。"男人说道。

"那就是说有买主出一千两了？"

"是的。"

"怎么样？一千三百两卖给我吧。"邻村的财主请求说。

男人心想太好了，可是脸上却没有显露出来。

"毕竟是祖传的家宝呀，我本来不想卖的，让我再考虑考虑。"男人回答说。

邻村的财主说了声"我还会再来的"，这天就回去了。

财主走了之后，男人心想，这真是福从天降啊，他越发头脑发昏了。从此以后，男人活儿也不干了，地也不下了，"一千三百两……"整天像口头禅似的，反反复复地念叨着这一句话。

"既可以买土地，又可以出去游玩了。"他一人自言自语，一天到晚，简直像是在做梦一样。

这时，有一个人对男人说："在乡下都可以卖一千两、一千三百两的佛像，拿到了城里让人家看看，说不定还可以卖得更高呢。"

男人心想有道理，于是，就将那尊佛像宝贝似的小心翼翼地包起来，背在背上，进城去了。一路上，男人只考虑着一件事，而且一边走，一边在嘴里不住地叨咕着：一千两……一千三百两……

男人终于到了城里。大街上有一家大古董店，男人想先进这家店让人家看看。他站在店门口，用眼睛扫了一遍陈设在里边的各式各样的佛像和雕塑。

"不管它有多少好东西，恐怕也不会有我背上背的天下一品这样的东西吧。"男人一边看，一边在心里嘀咕着。

架子中间摆着一个一模一样的佛像。当男人的目光落在它上面时，不由得大吃一惊。他想不会是自己的眼睛出了毛病吧，于是就又睁大眼睛定睛看去，是的，无论是古旧的程度，还是大小形状，都和自己背上背着的佛像完全一样，而且一只手也不缺，是一尊完美无瑕的佛像。

"原来这里也有一件天下一品啊！"男人惊呆了。他想，它卖多少钱呢？他进到店里，装作没事的样子询问那尊佛像的价钱。

"是架子中间的那尊旧佛像吗？便宜卖给您，五两就行。"掌柜的回答说。

"五两？"男人重复着，他简直不敢相信自己的耳朵。一千两……一千三百两……怎么会成了五两了呢？这个掌柜的肯定是个盲人。我要把一个一千两卖给村里的大财主，另一个一千三百两卖给邻村的财主。

男人灵机一动，他把钱包里所有的钱都掏了出来，花了五两，买下了那尊佛像。然后，夹着它，急匆匆地回到了村里。

回到家里，他把背上的佛像放了下来，两尊一对比，真是分毫不差啊！男人把那个没有缺手的佛像用包袱皮包好，拿着它到邻村的财主家去了。

财主在家里。一看到男人，笑脸相迎。

"我给您送佛像来了。"男人说。

"啊，那太好了，就按前几天说的价卖给我吧。"财主满心欢喜。

他恭恭敬敬地接过男人递过来的佛像，戴上眼镜，凝神看了起来。

"这是前几天的那只佛像吗？"他面露疑惑地问。

"是的。"男人低下头说。

"不对呀，前几天看的那尊应该缺一只手。我就是看中了那个缺口，觉得它有意思……"财主说。

"那好，如果您想要缺手的那尊，我家里还有。"男人说。

财主瞪大了眼睛。

"家里还有……你家里还有跟这一样的佛像吗？"

"是的。我家里还有一尊缺手的。"

"噢，要是那样的话，我就不要了。我是因为听说是天下一品，才想买的，但如果有好几个的话，我就不想要了。这么一说，这佛像还真不怎么样。"财主的态度突变。

男人大失所望，出了财主家门。他后悔死了，本来两尊佛像本可以得到二千三百两的，这下可好！他知道后悔也来不及了。他想，一定要挽回损失。

"要高价卖给村里的大财主！"男人想。

男人回到了家里。这回可不能再失败了，他把缺手的那尊佛像用包袱皮包好，拿到了村里的财主家里。

看到男人来了，财主笑着迎了出来。

"我就知道你会来的。那只佛像带来了吗？"财主说。

"带来了。"男人迅速解开包袱，拿出佛像。

财主拿起佛像，仔细端详。

"是件天下一品的东西。请您花一千五百两买下来吧。"男人说。

"一千五百两、两千两，都无所谓。只可惜缺了一只手，我本来就讨厌有缺陷的东西。所以，一千两，我都在考虑是不是要买呢。"财主说。

"不管怎么说，是件好货色啊！"

"啊，货色是没得说。只是缺了一只手太可惜了！"财主又说。

男人犹豫了一下，要是把另一只完美无瑕的也带来就好了。

"其实老祖宗还传下来一个相同的佛像。那只手是完好无缺的。"男人说。

原以为财主听了这些会高兴的，谁想道，财主像是要把手里的佛像摔掉似的，把它丢在了一边。

"你这个骗子！天下一品怎么会有两件？你这个家伙一定是与万事通串通好了来向我兜售无聊的东西的。你要是在打这种鬼主意的话，我就把你从这个村子里赶出去！"财主大发雷霆。

男人无地自容，赶紧逃了出来，他觉得这一切都如同是一场梦，现在才醒了过来。

当他从田间走过时，看见别人田里的庄稼都长得郁郁葱葱，唯有自己家的田里野草丛生。因为大家都在风传他发了大财，所以他也没心思从第二天起，再下田锄草了。男人恨恨地瞪着两尊佛像，把自己无奈地关在了家里。

农民的梦

　　某个地方，一个农民家里有一头牛，这头牛已经很老了。老牛长年累月地驮重货，为农民干活。虽然现在还在为他干活，但毕竟是老了，就像人一样，已经不能再像年轻时那样拼命地干活了。

　　这本来是常情，可是农民却不觉得老牛可怜，更没有想到要爱惜一直为自己干活的老牛。

　　"这个不中用的家伙！趁早把你卖了，换头年轻力壮的牛来算了！"农民想。

　　秋收一结束，地面就被雪和霜冻得硬邦邦的了，这种时候，应该让牛在牛舍里歇息到明年开春。可是这个农民不仅不让牛歇息到春天，还说："我可不能让你这个没用的家伙，白吃一个冬天。"

他让这头虽然不会说话，但人的什么感情都懂的牛吃尽了苦头。

一个有点寒冷的日子，农民听说在离这里四里路远的小镇举办马市，就兴高采烈地把那头老牛从牛舍里牵了出来，拉到镇上去换小牛。

虽然农民与这头和自己同甘共苦的老牛分别，并没有感到特别的悲伤，可老牛要离开这个家，看上去却好像很悲伤，走得十分缓慢。

晌午过后，农民终于到了那座镇子。他立刻把牛拉到了集市上。那里拴着好多自己想要的年轻的马和身强力壮的牛。农民们从四面八方聚集到这里。其中，有个男人已经牵着买到手的高头大马，高高兴兴地往回走了。农民羡慕地目送着那个男人的背影。

一开始，他还在犹豫是换马还是换牛，最后他想，只要不花什么钱，能把牵来的这头老牛换掉，是牛是马都无所谓了。

农民东游西逛，遇上自己中意的马或牛，就跟人家讨价还价，但总是歪着头说："太贵了，俺可买不起。"

"老兄，这么老的牛了，你竟然还在使唤。不管你搭多少钱，恐怕也没有人愿意跟你换这么老的牛了。"一个叼着黄铜烟管的牛马贩子，吧嗒吧嗒地抽着烟，轻蔑地说。

每当这种时候，农民便回头恶狠狠地瞪一眼耷拉着脑袋、跟在自己后面的那头老牛，气愤地说："就是因为你这副样子，连俺都被人家这么瞧不起！"

　　接着，他又转到了另外一个地方，指着一头小牛问人家，要再出多少钱，才可以拿自己牵来的老牛换？

　　这家牛马贩子比先前那个男人还要冷酷无情。

　　"老兄，这里牛有的是，可没有你这样老掉牙的牛呀！"只答了这么一句，就再也不搭理他了。

　　无奈，农民只好牵着老牛到处瞎转。后来他想，只要能把这头老牛换掉，无论是什么样的牛和马都行！他甚至觉得，这里的牛可能不会有比自己的牛更糟糕的了，自己的牛实在是太不值钱了。

　　天快黑了时候，聚集在市场上的农民不知不觉地都散去了。人群中也有人因为牛马价格远远超过自己带来的钱，所以什么也没有买就回去的，但大多数人都买到了自己所需的牛和马，牵着回家去了。

　　只剩下这个农民还在游荡。最后，他和另外一个牛马贩子讲起价来："俺想要这匹小马驹，这头牛，再加多少钱可以换？"农民说。

　　那个牛马贩子的年纪比农民还要大，而且看上去是一位老实人。他仔细地看了一眼农民和他牵在身后的老牛，说："要是现在换，双方都吃亏不说，而且可能你出多少钱都换不了。不如今年冬天多喂些干草，让它好好歇着。那样，明年还可以再让它干活。再说了，已经使唤到这个份上了，又是冬天，再把它交给不熟悉的人，未免太可怜了吧？"没办法，农民只好又牵起老牛，往家里走去。

"白跑了一趟！"

农民嘴里一边发着牢骚，一边牵着牛往回走。

早上就阴冷的天气，到了傍晚，开始纷纷扬扬地下起雪来。天快黑了，路途遥远，再加上又下着雪，农民担心走不到家，便开始烦躁起来。

"快走呀！你这个没用的东西。"他叫着，用绳梢儿狠狠地抽打老牛的屁股。老牛拼命地向前走，可是怎么也走不快。雪越下越大，路已经看不清了，而且天已经全黑了。

"早知道白跑一趟，就不该找这么个日子出门了。"因为心急，农民又是骂，又是用绳子抽打无辜的老牛。

从这个镇子到自己的村子，是条常走的路，本该很熟悉，可是一下雪，周围的景色就变得面目全非，分不清哪里是田、哪里是地了。天一黑，一步也走不动了。

这样一来，农民也就没有力气再骂老牛了，再骂再打也没有用。

"唉，这下糟了！"农民说着，握着缰绳，呆呆地伫立在路上。这么晚了，不会有人从这条路上经过了。

天气不好，人们都早早地匆匆回家了。另外，早上看到要变天，那些本来想出门的人也作罢了。黑蒙蒙的旷野中，一个人影也没有。

农民饥寒交迫。周围越来越黑，无论他眼睛睁得多大，也什么都看不见。

这下他不知如何是好了。万一走迷了路，掉进小河里，就会和老牛一起冻死的。

农民要哭出来了。

"今天真不该来。从一开始，就该决定把老牛一直养到明年开春。那位老牛马贩子说得对，这么冷的天，把它交给别人，未免太可怜了。"

想到这儿，农民回头看了看默默地跟在后面的老黑牛，不禁觉得可怜起来。老牛的脊背上挂满了冰冷的白雪。

"把你养到明年开春吧。不过，今晚俺们俩要是冻死在这原野上，可就全完了。俺是一步也走不动了，你认得路吗？咱们经常在这条路上走，如果你还认得路，就把俺驮回家去吧。"

农民向老牛求救。

他最后只有借助老牛的力量，没有别的办法了。

老牛驮着农民，沿着这条黑黑的路，像爬一样在雪中走着。到了深夜，老牛走到自己家门口，站住了。农民这才死里逃生，他终于回到了温暖明亮的家里。

这天晚上，农民给老牛的干草，比往日多了很多。他自己也喝了点酒，就上床睡觉了。

可是到了第二天，农民就把昨天晚上的痛苦全都忘到脑后去了。他想，以后再碰上那样的事，索性自己就不去拉缰绳，干脆骑在牛或马背上，让它们带路，这是最聪明不过的做法了。

他连那时对老牛发的誓也忘光了，还是想快点设法弄头小牛来。

正好在这时候，他听说住在同一个村子里的农民的牛卖了高价。还听说因为牛一头接一头被牵到了镇上，而牛马贩子也不怎么挑拣，都出高价买了下来。

他立刻跑到那个农民家里，问："你家的牛卖了多少钱？"

那个农民听了，说："好像是牛的个头越大越值钱，你家的牛虽然老了点，可是个头大，准会卖个好价钱。"

他从未想过如果自己的牛卖掉了，老牛的命运会如何。他想，只要能卖到比自己想的价钱高，还是趁早把牛卖掉，换成钱。到了明年春天，再买头年轻力壮的牛，自己准会过上比现在更舒服的日子。

于是，他决定马上就拉上老牛，到镇子上去卖。

就这样，农民又一次牵上老牛踏着泥泞的路，朝镇子赶去。他想，老牛这回恐怕再也不会回到这个家里来了。

农民边赶路，边想："那家的牛都可以卖那么高的价，我的这头老牛比那头牛大多了，肯定可以卖出更高的价来。"

这时，老牛一无所知，只是默默地跟在农民后面走着。

到了镇子上，农民找到了牛马贩子，把自己的牛卖了。还真就以比自己想象的还要高的价卖掉的。农民一拿到钱，都没有回头看一眼那头被孤零零抛在后面、跟自己一起长年累月吃苦受累的老牛，就扬长而去了。

"这下可赚大钱了！"他手舞足蹈。

农民忘记了这辈子再也见不到老牛了。他想着该给孩子们买点什么礼物，就走进一家杂货店，买了喇叭、笛子、小马和小鼓，两个孩子一人两件。

这天也是一个寒冷的日子。农民路过一家常光顾的小酒馆，因为手里有钱了，就忍不住想进去喝一盅。

他掀起小酒馆的门帘，坐在了长椅上，和那些素不相识的人们对饮起来。喝到最后，醉得舌头都不听使唤了。

门外寒风呼啸。不觉间，天已经黑了。

"今天不用牵牛，省心了。就俺一个人，也不用慢吞吞地走路，想走多快就走多快，三四里路，一会儿工夫就到了。"虽然在给自己鼓劲儿，但却忘了应该早点回家，最后还是喝了个烂醉。

当他发现已经到了掌灯时分时，吃了一惊。不过因为喝醉了，所以很平静，一点也没有慌张。

他总算是出了那家小酒馆。只见他东倒西歪地出了镇子，沿着通往凄凉的乡下的小路走去。

老牛卖掉了，农民一身轻。可要是往常，即使他要朝没有路的地方走，老牛也会觉得奇怪，站住不迈步的。可现在呢，就算他迷了路，再也没有人来告诉他了。

农民东倒西歪，不知不觉朝着另外一条路走去了。没走多远，就绊倒在一棵大树根下。

"哎呀，这是什么呀？"农民仰起包着毛巾的脸，只见一棵大黑树耸立在晴朗的夜空中。不要把怀里揣着的钱包和给孩子们的礼物丢了！虽然醉了，可是他心里还是反复地思忖着。当他知道东西确实没有丢时，就放心地坐到了树根下面。

他心里舒服极了。

风吹在脸上也不觉得冷。放眼望去，不知什么时候已经到了暮春时节。

虽然原野上的花还没有谢，但整个世界都已经被绿色给裹住了。田里梦幻般地传来青蛙的叫声，田都耕完了，麦子长势旺盛。

他一边想着最近买到手的小牛，一边靠在堤坝上眺望着天空，原野尽头升起了一轮大大的月亮。天空十分晴朗，圆圆的月亮把这里照得如同白昼。

"啊，这个村子里还没有几个人有那么年轻力壮的小牛呢！看了我的牛，大概所有人都会羡慕的吧……"他得意地自言自语起来。

这时，忽然从远处传来了鼓声和笛声，四下里顿时热闹起来。

"好奇怪呀，天都黑了，会是什么呢？"他想着，朝那边张望。

全村的人都出来了，好像在齐声欢呼着。不一会儿，一个黑家伙从远处那边的森林里跑出来，朝这边奔来。仔细一看，原来是自己家的牛。牛不知何时从牛棚里跑了出来，两个孩子骑在它的背上，一个在打鼓，一个在吹笛。

"孩子们什么时候已经吹打得这么好了？"他钦佩地竖起了耳朵。

"孩子们一定是来找我的，他们马上就会找到我的。找到我后，就会在我面前打鼓、吹笛子。我要在孩子们找到我之前，先不吭声假装睡着了……

因为月光明亮，所以可以清楚地看到两个孩子击鼓、吹笛子的模样。

不一会儿，牛来到了他的面前。原以为孩子们找到他之后，会迫不及待地跳下来的，谁知牛驮着孩子们很快就从他面前走了过去，走远了。

远处有一个湖。满满的一湖水，水面倒映着明亮的月光。小牛朝着那里飞奔而去。

他吃惊地爬了起来。孩子们为什么要到湖那边去呢？自己明明在这里。

"喂！喂！"

他想叫住牛。可是两个孩子又是吹笛、又是打鼓的，根本听不见他的叫声。

农民最近刚买的那头小黑牛根本就不怕水，飞快地向湖里跑去。

这时，农民后悔起来。要是以前的那头上了年纪的老牛，绝对不会这么胡来的，自己也不用这么提心吊胆。那头上了年纪的老牛曾经在漆黑的雪夜里救过自己——要是那头老牛的话，让孩子们骑着也放心——想着想着，他焦虑不安起来。

他实在看不下去了，赶紧追了上去。可是，牛已经驮着自己的孩子飞快地跑到了湖里面去了。

"它到底要干什么？"

农民吓坏了，立刻脱光了衣服。可当他跑到了湖边时，牛已经无影无踪了。

他口干舌燥，于是，拨开草丛，用手捧着湖水一连喝了好几口。

这时，在月光下白蒙蒙的雾霭中，鼓声和笛声越过湖水，从远处传了过来。

为什么没有听到水声，那头牛就从这个湖里游走了呢？不去管它了，孩子们平安无事，农民就放心了。

他又蹲在了那里。宜人的春风吹在脸上，月光把周围照得更加明亮了。

天终于亮了，农民大吃一惊。他发现身体一半已经掉到了小河里，自己躺倒在了一个没有路的地方。衣带松开了，钱包也不知丢到哪里去了，给孩子们买的笛子和鼓也都掉在了田里。

不远处有一棵高大的松树。云飞快地移动着，从冬天的天空透过树丛俯视着大地。农民的家离这里还远着呢。

有白门的房子

一个宁静的春夜。

一个男人因为工作得疲倦了，想到咖啡馆去喝杯咖啡。

男人出了家门。马路上的一切都像是梦幻中的景色，远处耸立的高塔、山丘、天空和森林都模糊不清，黑影浓重地浮现在温暖而朦胧的月夜之中。

他走到街上才发现，夜已经深了。光顾得在家里埋头工作了，忘了时间。

街上没有什么行人，也找不到一家还在营业的店。

"那家店恐怕也已经关门了吧？"

他想，自己熟悉的那家咖啡馆大概已经关门了。但他还是溜达着朝那里走去，边走边仰望着天空感叹道：

"多美的夜景啊!"

街上那家他想去的咖啡馆果然已经关门了。来到店门前,他大失所望。

无奈,他又顺着来路往回走去。这时,忽然听到身后传来脚步声。有人走了过来。

"晚上好!您辛苦了!"后面那个人招呼说。他立刻站住了,想回头看看是什么人。但发现后面是一个他并不认识的男人。

"晚上好!"他也应声说。

于是,对方显得十分亲热地向他身边凑了过来,说:"我就住在这条街上。觉得累了,本想喝杯咖啡,可是关门了。您好像也是这样想的,这样吧,我带您到一家更好的咖啡馆去吧。"

听陌生人这么一说,他有些犹豫了。可是对方说他是这条街上的人,加上看上去这个人也不像是什么坏人,和自己一样,只不过是工作累了,想找个地方休息休息。想到这些,他不由地倍感亲切,就说:"其实,我也是散步,顺带着想去喝一杯咖啡,可是却关门了。"

"这条街上客人不多,所以咖啡馆早早就关门休息了。春天的夜晚,要是能开得再晚一些就好了。"那男人说。

"时间已经很晚了吗?"

"还不到十二点呢！"

当他听到对方说到"十二点"时，就觉得关门也很正常了。而且马上想到，自己也该回家睡觉了。

"我要带您去的那家店，就在这条后街上。刚刚开张，是一家很舒适的店，您就认认门儿吧。"对方说。

他被这么一说，就觉得不跟这个男人一起去，未免有些过意不去了。于是就说："那我就陪陪您吧。"

两个人并肩走着，拐进了一条小巷。以前也曾经多次到过这一带，但不知为什么，他觉得今天晚上这条街显得格外美。他发觉原来月光可以将一切映照得如此美丽。不一会儿，两个人就来到了一家明亮的咖啡馆门前。

"就是这家店。"一起来的男人说。

门口垂挂着清爽的绿门帘。一进到店内，就看到很多不知名的鲜花插在花瓶里，飘来一股浓郁的花香。里边的桌子上坐着三四个客人在说话。不知从哪间屋子里传来低沉的曼陀铃的琴声。

他和那男人在同一张桌子上面对面地坐了下来。他这才在灯光下看清了对方的脸。他吃惊地发现这个男人的脸，和自己小时候离别的表哥很相像。表哥死在了南洋的岛上，当然不会还活着，但他却常常思念表哥。

"那边坐着的，都是经常来这里的人。"那男人说。

他朝那些人望去，不免有些惊讶，一张张面孔似乎都曾在什么地方见过。可是，究竟在什么地方、什么时候见到的，却又想不出来。

"真是一个奇怪的夜晚啊！一张张面孔似乎都很眼熟，这究竟是怎么回事呢……"他怀疑起自己的眼睛来。

不久，男人与坐在那边的人点了点头，互相问候，然后说了一声"我过去一下"，就起身走到那些人那边去了。

他倾听着从里面传来的曼陀铃的琴声。他想，多么动听的音色啊！听着那琴声，让人不由得想起了一件遥远的往事，心里充满了悲伤。他还想，到底是谁在弹琴呢？过了一会儿，曼陀铃琴声突然停止了。

这时，眼前出现了一位美丽的少妇，只见她含笑朝他这边走来了。

"您已经把我给忘了吧？"少妇走到他面前坐下了。

"您总是从我弹曼陀铃的窗下经过去上学。有一天，下着雨，您很为难，我就把雨伞借给了您。后来，您给我拿来一本很漂亮的书。那本书里有很多美丽的图画，书上写着很多古老的传说、诗歌、童谣、故事和各种各样的事情，可是因为都是外文，我看不懂，所以，我只是欣赏了那些漂亮的图画。我问您，您说这本书是古书，使用的都是字典上没有的文字，所以很难翻译。我现在仿佛还可以看到那架水车在森林里转动、绽放的白花、红色的小鸟飞来飞去的图画……"她说。

听着听着，他回忆起了十多年前某一天的一件事情。他奇怪地想，为什么今晚又会见到已经忘记了的人呢?

"我全都忘记了，但是的确有这么一回事。我现在回忆起那个时候的事情了。"说着，他不禁怀念起往事来。

"我经常来这里。今晚太晚了，该回去了。正好车已经来了，就告辞了。再见吧!"那位少妇说完，就走了出去。

当时钟敲过十二点半的时候，人们开始告辞。他也和那个男人一起走出了那家咖啡馆。

"是一家舒适的咖啡馆吧? 不知您满意不满意?"对方问。

"真是个安静的好地方。我今天晚上见到了很久没有见过面的熟人，唤起了许多回忆。"他回答说。

两个人一边走，一边谈论着朦胧月夜里的世界。走到十字路口时，那男人说:"从前面第三座房子再往里走，就是我家。有空请来玩。"

他正好也要经过那里，就目送着男人的背影走了进去。前面是一扇白门，男人渐渐地到白门里面去了。

他回到家里就睡着了。

过了几天之后。一天晚上，他又想起了男人带他去过的那家咖啡馆。他想再到那家挂着绿门帘的咖啡馆去看看。于是，就一个人出了门。

明明是按照那时走过的路去的，可是不知为什么，却怎么也找不到那家咖啡馆了。

他不知在同一条街上来回徘徊了多少次，找着那家挂着绿门帘的咖啡馆。

"那个人的家呢？"他又去寻找有白门的房子，可是也找不到。站在十字路口，他数到第三座房子，可是怎么也找不到有白门的人家。

他问邻居，可人们都回答说："这一带没有有白门的人家呀。"

当他把这件事说给家里人和朋友们时，所有人都笑他，没有人把他的话当真听，还说："你在做梦吧！"

一个男人和牛的故事

一个男人，让牛拉着沉重的货物到镇子上去。

"今天的货物对牛来说，也许有点重了，不过，让它拉拉看，看看它拉不拉得动。"男人心中想。

牛马不论多么辛苦都有口难言，它们只有默默地听从人的使唤。

牛觉得这些货物很重，可还是拼命地拉着沉重的牛车。

牛拉着车，沿着马路咯吱咯吱地向镇上走去，汗水滴滴答答地从牛身上流了下来。林荫道的松树上，蝉在悠闲地唱着歌，蝉不可能知道牛这时有多痛苦。因为凉凉的风越过原野，轻轻地吹了过来，鸣叫的蝉好像被催了眠似的，声音一会高，一会低。

牛在心里羡慕地想：哪怕是自己作为一只蝉，出生到这个世界上来也好啊！它一步一步，不知疲惫地拉着车。

男人用缰绳啪啪地抽着牛的屁股，可牛已经竭尽全力了，再也走不快了。连男人心里也觉得有点过分，就不再抽了，因为抽了也没有用。

更何况是盛夏，一想到牛也许随时都可能在半路上倒下，他就更担心了。

路边有一间挂着苇帘的茶坊，店里总是摆着一种好吃的豆馅黏糕，是他们自己做的。男人爱喝酒，不爱吃豆馅黏糕，可是听人说牛爱吃。当走到那家店前面时，男人对牛说："你把这些货物顺利地运到目的地吧。那样的话，回来时我买豆馅黏糕给你吃。"

不知是不是牛听懂了这些话，只见牛奋力地加快了沉重的步伐。于是，这天下午，他们到达了镇上的目的地。

男人在那里领到了比平时都多的酬金，不由得心里高兴起来，他给牛喂了水，自己也休息了一会儿，然后就踏上了归程。

"虽然牛很吃力，自己也很辛苦，但是多装点也不是不行。稍微卖点力，就可以拿到这么多钱……"男人拉着缰绳边走边想。

出了镇子，靠近那条通往乡村小道的地方，有一家小酒馆。到了这儿，男人把牛拴在前面的柳树上，就进了酒馆。他就着现成的菜，喝了起来。喝痛快了，才从里面出来。

这工夫，牛打了一个盹儿，一直一动不动地等着。牛太累了。红彤彤的太阳向西边的天空沉去，云翻滚着涌向原野的上空。

当男人牵着牛从卖豆馅黏糕的店前面经过时，雷声轰隆轰隆地响了起来。

"啊，要下雷阵雨了。再磨蹭，就会被雨淋湿了。今天就忍一忍，明天我一定给你买。"男人对牛说。

牛默默地低着头向前走去。至少这头可怜的牛相信，男人是绝对不会骗人的。

第二天，男人又让它拉了差不多跟昨天一样重的货物。牛汗流浃背地拉着车。路上经过卖豆馅黏糕的店时，男人朝店里瞧了一眼，说："今天回家的时候，我给你买豆馅黏糕吃。快走吧！"

他们在昨天同样的时间里，到达了镇上，男人又跟昨天一样拿到了比平时都多的酬金，不由得暗自欢喜起来。这个男人手里有钱了，怎么可能忍着从小酒馆面前过门而不入呢？他无法忍受，还是进到店里喝了个够。牛一直在外面默默地等着。

男人心满意足地从店里出来后，拉着牛往前走。

不一会儿，又来到了卖豆馅黏糕的店前面。

"畜生怎么可能听明白人说的话呢……"男人厚着脸皮，佯装不知，拉着牛就从前面走了过去。

这时，牛"哞、哞"地叫了起来。

"走啊，快走！"男人骂了一句，用缰绳狠狠地抽打牛的屁股。就在这时，一直老老实实的牛突然凶猛地把牛角尖对准了男人，像抛球似的，把男人抛到了五六步远的田里边去了。

他脸埋在泥土里拼命挣扎。而牛却若无其事似的自己回家去了。

男人好不容易才从田里爬了起来，满身泥土地回到村子里。所有见到他的人都惊讶地问他怎么了？因为我骗了牛，遭到了报复，这话他说不出口，只能苦笑。

听说回到家里以后，他终于醒悟过来了：沉默的牛其实什么都明白。他真诚地向牛道歉，承认是自己不好。

瓶子里的世界

正坊的爷爷以前是一位水手。年纪大了，不能航海了之后，就待在家里，迷迷糊糊地回忆年轻时候的事情。

爷爷最后好像已经老糊涂了，至少大家是这么认为的。因为他把那块从海里捡来的、已经开始腐烂的黑木板当成宝贝，一直珍藏在身边。

爷爷还站在家门前，眺望着远处的山顶说："还没有来吗？"

大家觉得很奇怪。

"爷爷，谁要来呀？"

家里人这么一问，爷爷便回答说："应该从海上来接我的呀。"

爷爷终于死了，奶奶常常给正坊讲爷爷的故事。

"你爷爷从前是位有名的水手。可是人老了之后，就糊涂了，每天望着远处的山，说有人要从海上来接他……"

　　每当正坊听到爷爷的故事时，他都会有一种奇妙的感觉。他觉得那些话，似乎并不是因为爷爷老糊涂了才说的。

　　于是，正坊也站在家门前，眺望起远处的山来了。蔚蓝的天空下，山的轮廓线平缓地向山脚流去。到了晚上，山上便会披上凄凉的星光。从春天到夏天，那座山都会呈现出一种紫色。到了冬天，又变成了雪白的山。

　　"雪积得那么厚，什么样的男人都无法翻越山峰来这里了……可是说不定那位勇士，可以用非凡的魔术翻过雪山！"一个冬天的傍晚，正坊正站在外面眺望。

　　家里有一只糖稀色的玻璃瓶子，奶奶说是祖上传下来的东西，一直珍藏着它，把它摆在柜子上。下雪的时候，奶奶把红红的、还带着南天竹的籽的枝条剪下来，插在瓶子里，供在佛龛前。

　　正坊不知道为什么很想要那只瓶子。

　　"奶奶，把那只瓶子给我吧。"他央求奶奶说。

　　奶奶说什么也不肯。

　　"那瓶子是很早以前的东西，你把它当成玩具打碎了可不得了。"奶奶说。

正坊听了这话，就更想要那只瓶子了。

他想，那瓶子也许是过去装着酒，漂洋过海运到这里来的；也许是爷爷做水手的时候，从哪里弄来的。

有一天，正坊悄悄地趁奶奶不备，取下柜子上的瓶子，拿到了外面。他将眼睛对准瓶口向太阳望去。只见一个男人骑着马从遥远的地平线朝这边跑了过来。正坊慌忙将眼睛离开瓶口，又朝远处望了望，可是连个影子也没有看见。正坊这才明白这只瓶子原来是一个魔法瓶。他把这事告诉了奶奶，

"傻孩子，你瞎说些什么呀？"奶奶说完，没有再理睬他。

正坊想，死去的爷爷等待的使者，会不会就是这只瓶子里面看到的那位骑马的男人呢？老糊涂了的爷爷一定是认为从这只瓶子里看到的那个男人，总有一天会翻过那座山，到这里来的吧！

然而，奇怪的是，当正坊再次将眼睛对准瓶口朝天上看去时，却看不见那个骑马的男人的影子了，只见在一片开着红花的原野上，远远地有一座很小的镇子。

当他第三次透过那只瓶子眺望时，前面看到的风景不见了，这回在茫茫的大海中，看到有一艘船在航行。每次透过瓶口眺望时，总是这三个场面交替出现，看不到别的景色。有一天，正坊瞒着奶奶，把瓶子拿到外面

去了。

他站在马路上，一边透过瓶子眺望，一边自豪地让
赶来的伙伴看。

这时，有一个男人不知从哪里真的骑着马跑来了。
看到正坊，他忽然停住了马。

"让我看看那只瓶子。"男人说完，抓过瓶子，就
对着瓶口看了起来。

"真是一只奇特的瓶子！我就是在找这只瓶子呢。
小朋友，跟我一起走吧。"骑马的男人说。

正坊曾经听奶奶讲过爷爷的事情。"爷爷说一定会
有一个人翻过山岭来接他的。那绝不是因为爷爷老糊涂
了才那么说的。那个男人准是这个人……"正坊心想。

"叔叔，你是从哪里来的？"正坊问。

"从海上来的。"骑马人回答。

于是，正坊想，肯定就是这个人了，于是便接受了
这个男人的邀请，立即决定跟他去看看。

男人用胳膊夹着正坊上了马，然后抽了一鞭子。那
匹马跑得实在是快。他们越过了森林，河流和丘陵，来
到了一片五彩缤纷百花盛开的原野上。向远处望去，只
见遥远的地平线上浮现出小镇的屋顶。

"啊，这是上次在瓶子里看到的景色！"正坊想。

"叔叔，咱们去哪儿？"正坊问。

“就去那座小镇。”男人回答。

快进城时，只见从建筑物之间露出蓝黑色的大海。

进城之后又跑了一会儿，马在一座屋檐向前伸出的老房子前面停了下来。男人从马上下来，对里面喊了一声。于是，一个个子不高的老人弯着腰走了出来。

“父亲，我终于把您说想再看一眼的瓶子拿来了。是这个吧……”

老人眨巴了几下脱光了牙齿的嘴巴，伸出枯瘦的手，接过瓶子。然后摸起瓶子来。他也像正坊那样，将眼睛对准瓶口，朝着太阳仰望。

“啊，就是它，就是它，没错!”老人高兴地叫了起来。

“我终于又见到了这只瓶子，我还以为这辈子再也见不到它了呢。可是，你爷爷他好像已经死了……”

老人拿着瓶子，走进昏暗的屋里去了。过了一会儿，老人在瓶子里面放了一小滴油，又来到两个人的面前。

“多年收藏的油只剩下这么一点点了。如果再过一段时间，可能就连一滴也没有了……我们是还在海上生活时结下的把兄弟，我们两个人总是互相帮助。临分手时，为了能再次重逢，我们分别从一个印度魔法师那里要来了瓶子和里面的油，带回家去了。魔法师说瓶子和油总有一天会相遇的，我们相信了他的话。孩子呀，你爷爷不是有一块黑木板吗……把这油点着，看看那块木板……"说完，他把装着油的瓶子递给了正坊。

正坊想记住这座小镇、这位老爷爷和这座房子，就格外仔细张望起来。

男人又把正坊扶上马，然后自己也骑了上去。他用鞭子抽了抽马屁股，马便顺着来路跑了起来。日头不知何时已经沉到了大海里，原野上盛开的红花也变黑了。月亮升上天空，月光下流淌的河水像一条放倒的银棒，白晃晃的。

两人骑着的马来到村口的路上，就停了下来。正坊的家离那儿不远了。

"好了，你自己从这儿能回家了吧？"男人说着把正坊从马背上放了下来。

"叔叔，那座小镇叫什么名字？"正坊回头问。

"……"男人说完，抽马而去。

男人说的话正坊没有听清。很快，马蹄声就远去了，影子在月光下渐渐地变小，最后，不见了。

奶奶正在屋里屋外地找正坊呢。正好这时正坊回来了，当听他讲述了这天发生的事情后，奶奶连连摇了摇头，说："傻孩子，你胡说些什么。你肯定是给狐狸迷住了……"

忘了问那座小镇的名字，正坊觉得很遗憾。这将成为他终生的遗憾。因为孩子的脑子是不可能永远记住一座小镇的……

不过，瓶子里装着的油可以证明那不是梦。正坊马上把它倒入了素烧陶器里，点上火，和奶奶两人一起朝黑木板看去——

一艘样子怪异的帆船，清晰地出现在了木板上面，可它像烟雾一样，又一点点变淡，消失了。

从那天起变得诚实了的故事

有个地方，有一位性情懦弱的少年。少年本是个好孩子，可就是因为性情懦弱，所以常爱说谎。他自己也知道说谎不好，说谎是一种卑鄙的行为。

"我以后再也不说谎了。"每次说完谎，少年总是在心里这么想。

不过，有时说谎也不是一件坏事。比如，对病人说："您的脸色要比上次好多了……"即使事实上并不是那样，但为了让病人高兴，也要这样说。这种时候说的谎，就不见得是坏事。

假如能这样说就好了——

"我昨天晚上看见鬼了！"说着，望着田里的什么东西，把自己幻想出来的事情像是真有那么回事似的说给朋友们听。

　　本来一脸无聊的朋友们，一下子目光炯炯地凑到了他的身边，说："你说真的……"

　　"是啊，当然是真的了。"少年把自己幻想的事，像亲眼看到的事似的讲了起来。

　　这位少年说的，基本上都是这种没有什么罪过，不过是逗大家开心一笑的谎。

　　"我说的谎没有什么恶意，那也不行吗？"少年扪心自问。

　　"当然不行。说谎是人的卑鄙行为。"一个不像是自己的心声，好像是上了年纪的人粗声回答道。

　　与此同时，如同否定这句话似的，有一个比自己更加勇敢、更加朝气蓬勃，但又不像是自己的心声在说："这种谎说了也没什么。小说和文章里，不都是把谎话写得像真事一样吗？"

　　少年犹豫了，不知道该听这两个心声的哪一个。

　　"谁都知道小说是虚构的，可是当知道了你的话是谎话，就再也没人会相信你了。"那个上了年纪的粗声又说。

　　就这样，虽然少年常常谴责自己的良心，可是因为他性情懦弱，又老是想着要逗大家笑，逗大家开心，所以老是改不了说谎的毛病。

尽管这些谎话都是些很单纯的谎话，但是当信以为真的人，后来得知这些都是谎话的时候，就会觉得自己被骗了。大家渐渐地都不相信这个少年了。

　　"你是一个好孩子，可是因为你总爱说一些爱面子的谎话，就成了一个坏孩子。"少年的母亲说，她被他气哭过。

　　每当这时候，少年都想努力改正自己的坏毛病。可是，性情懦弱的少年很难做得到，还是情不自禁地会说谎。而过后又会深深地后悔。

　　就像什么事情都是长期形成的，不是那么轻易地就能改正过来一样，这种坏毛病也是一样。

　　这是一个夏日的事情。少年和往常一样，放学回来到外面去玩。

　　小朋友们都不知道到哪里去了，他跑到马路上一看，没有人。一定是跑到河边去玩了……自己也去那里吧。少年想着，沿着马路朝村边偏僻的地方走去。

　　到了三岔路口，就见一个男人正呆呆地坐在那里的一块石头上休息。这个男人好像是个过路人。

　　少年走过去，男人微微笑了笑。少年想，这大概是哪里的一位和善的叔叔吧，突然产生了一种亲切感。

　　"叔叔你家住在很远的地方吗？"少年问。他想，如果这样一位和善的叔叔就住在附近的话，自己寂寞的时候，就可以找他去玩了。

"很远很远。要坐火车，还要坐轮船才能到的地方……"过路人望着少年的脸，笑着回答。

说完，过路人好像是想起了什么似的，摸了摸和服两边的袖兜①，又在怀里翻来翻去，然后显出一副为难的样子。

"叔叔，你怎么了？"少年站在过路人面前，问道。

"我想抽口烟，可是火柴不知丢到哪里去了……"过路人回答。

"没有火柴？"

"这附近有没有卖香烟火柴的地方？"过路人问。

"没有卖火柴的，不过，我可以给你拿火柴来。"少年说。

过路人听了少年的话，露出了高兴的神情，但又考虑了一下，说："叔叔趁着天还没有黑，还要走很远的路。小少爷家一定离这儿很远吧，我就忍一忍，不抽了……"

少年目光炯炯，说了一声："我马上就拿来！"就向远处跑去。

过路人觉得不能无视少年的热心肠，就默默地微笑

---

① 袖兜：和服的袖子下面有一个像口袋一样的地方。

着目送着他的背影。

少年的朋友的家就在附近，他打算跑到那儿去借火柴。他拼命地跑，拐过森林，就看见田里朋友的家了。他振作了一下，喘着气跑到了那家的门口。他叫了叫朋友的名字，可是没有人答应。

"大概没在家。"少年失望了。

不过，他认识朋友的妈妈，就想进去求求看。他进了屋，可是家里没有人。

"可能是下田干活去了吧？"

少年嘀咕了一下，无奈，走出了那家，又向一位老奶奶家奔去。因为那比回自己家要近一些。

"老奶奶，借我火柴用用。"少年一进门就说。

"火柴？刚才我眼神不好，没发现水壶里的水洒了，把火柴都弄湿了，划不着火……这可不好办了。"老奶奶揉搓着眼睛，回答说。

少年大失所望。他想，太不走运了。这么一来，不就等于自己对那个过路人说谎了吗？过路人在急着赶路呢……想到这儿，少年终于还是跑回了自己家，然后，手里握着火柴，马上就跑回到过路人等着的地方。

过路人等了他好长时间，但不知为什么，怎么也没有等回来。

"毕竟是一个孩子。"过路人说。他眺望了一下西边的天空。夏天的太阳，不知什么时候已经开始西斜了。

过路人觉得不作声就走不好，就写了一张条子：

太晚了，我走了。很感谢小少爷的好心。

过路人

然后，放在石头上，就走了。

虽然很晚了，但是少年担心过路人以为自己在说谎，所以还是跑着回来了。一看，过路人叔叔已经不在那里了。当少年看到石头上留下的纸条上面写的字时，才得知过路人不但没有认为少年说的话是谎话，而且还真心感谢了他。

少年的心被深深地感动了。他想，我再也不能说谎了。

而且，他还懂得了真诚地对待对方，对方是不会无动于衷的。

从那以后，少年变成了一个诚实的孩子。

爬上树的孩子

　　某个地方，有个名叫辰吉的少年。辰吉幼年与父母离别，由奶奶抚养长大。

　　每当看到其他小朋友得到温柔的母亲的疼爱，或者由哥哥、姐姐领着出去玩时，辰吉总是伤心地想：为什么只有自己孤零零的一个人呢？

　　"奶奶，我妈妈怎么啦？"辰吉问奶奶。于是，奶奶用满是皱纹的手抚摸着辰吉的头说："你妈妈到那边去了！"

　　辰吉不明白奶奶说的"那边"到底是什么地方。大概就是飘着云彩的天空那边吧！想到这儿，辰吉总是泪流满面。

　　"奶奶，我妈妈什么时候回来呢？"辰吉又问。

于是，奶奶又抚摸着孙子的头回答说："你妈妈到天上去了，已经变成了星星。所以，再也不会回来啦。你妈妈每天晚上都会从天上往下看，看着你乖乖地长大。"辰吉完全相信了奶奶的话。从此以后，他每天晚上都跑到外边，仰望在黑蓝色的夜空中闪烁的星光。

"哪一颗星星是我妈妈呢？"他说着，一个人在夜空的群星里面寻找。

有一次，辰吉听奶奶说，人死了之后，都要升天变成星星的。

在夜空中闪烁的星星里有各种各样的星星。有白光闪闪的大星星，也有一动不动、放射着红光的星星。还有像萤火虫似的放着微光的小星星。辰吉想，到底哪一颗星星是自己想念的妈妈呢？

妈妈一定在我们家的房顶上看着我呢！辰吉坚信。

他只在头上的天空寻找。终于把一颗柔和的、不太大、不太亮的红星星认定为自己的妈妈。

那颗星星的眼里饱含着泪水，似乎要诉说什么，一动不动地俯视着大地。

辰吉无数次地在嘴里呼唤："妈妈！妈妈！"

有时，他在晚风的吹拂下，久久地站在外边。

奶奶从家里喊他："辰吉，小心感冒，赶快进屋来！"

辰吉一边往家里走，一边说："我在看妈妈变的星星呢!"

每当这时,奶奶就会用她布满皱纹的大手,默默地抚摸着辰吉的头。

辰吉十二岁了。

他不得不离开奶奶,到五六里地外的某个村子去做工。

第一次到一个陌生的地方,辰吉觉得十分寂寞,到了早晚没人的时候,就会想起奶奶来:奶奶现在在做什么呢?想着想着,热泪盈眶了。

这家的主人是个非常严厉的人,他经常教训辰吉:"不好好干活儿,就成不了有出息的人。"

辰吉被他使唤来使唤去,为他挑水,帮他们家干这干那,简直没有休息的时间。这种时候,他是多么想念和蔼慈祥的奶奶啊!同时,他也更加感激她老人家。

晚饭后,辰吉像在自己家乡的时候一样,每天都到外边仰望天空的星星。在这儿,他也可以看见那颗柔和的红星星。辰吉想,死去的妈妈跟随着自己呢,现在又在这家的屋顶上守护着自己呢!

"我的事,妈妈什么都知道。"辰吉仰望着星星的时候,经常这样自言自语。

村头有个寺院,院子里有一棵参天的杉树。夏天已经快过去了,秋天即将来临。可是天气还是很热。村里的孩子们都来到凉爽的寺院里来玩捉迷藏和做游戏。

"这棵树一直连着天呢！"一个孩子抬头望着杉树说。其余的孩子也都玩累了，来到树下休息。

"傻瓜，天高着呢！"另一个孩子说。

"这棵树就是连着天的！"刚才那个孩子又说了一遍。

"傻瓜，天要比这棵树高一里、二里、十里、一百里呢！"持反对意见的孩子否定说。

大家都饶有兴趣地听着他们俩的对话。他们笑着，又谈论起其他话题。

"星星不就挂在树梢上吗？"说树连着天的孩子说。

"看上去好像是那样，其实根本不连着！"另一个孩子彻底反对。

这时，又有另外一个孩子说："今天的天空确实很低。"

"老师说过，到了秋天，空气清新，所以看起来就像天空很低似的。"说树没有连着天的孩子又说。

"天离树尖那么近你都看不见，真是个盲人！"最初说天和树连着的那个孩子终于发火了。于是，两个孩子争吵起来。

"喂，不要吵架！快住嘴！"孩子群中一个年龄最大的孩子说话了。

"听说有的星星上边是住着人的！"另一个孩子插嘴说。

这时，辰吉想起，奶奶曾经说过，人死了之后，都要升天变成星星的。刚才自己就觉得今天的天空很低，好像已经到了树顶上似的。

说不定是妈妈下来了呢！辰吉心想。

两个孩子还在继续争吵着。

"别吵了，谁爬上树去看看，不就一清二楚了吗？"那个大孩子说。

但是，谁也不敢说想爬上这棵高大的树上去。

"我上！"辰吉说。

大家都吃惊地望着辰吉。

"你上？"

"这树高着呢，你要是摔下来可不是好玩的！"

"你能爬上去吗？"大家一齐问他。

辰吉默默地点点头，然后把两只小木屐脱在树根底下，开始爬树了。

大家都抬起头，惊奇地望着树上面。四周已经黑下来了，只有树枝在随风抖动。星星就在杉树顶上闪烁着，把夜空映照得非常美丽。

辰吉越爬越高。他那小小的身体很快就消失在黑暗的树枝里面，不见了。

"大概已经爬到树顶上了吧？"孩子们在底下说着。

"怎么还不下来呢？"

"喂！"孩子们在树下嚷嚷开了。

可是，不知辰吉怎么了，不管孩子们怎么叫，既没有回音，也没有下来。孩子们觉得有点奇怪，站在那里，一直往上面看。

晚风吹动着树枝，发出微微的声响。周围已经是漆黑一片了。孩子们这才感到有些害怕了。

"这棵树上一定有条大蛇，把辰吉给吃掉了。"听到一个孩子这样一说，其他孩子都大声叫了起来，赶紧离开树底下，向树上张望。有的孩子吓得往家里跑去。树底下最后只剩下了辰吉穿的两只小木屐。

就这样，虽然有的孩子逃回家去了，但还有几个孩子惦念着辰吉，一直没有离开杉树的下面。

"怎么爬到这么高的树上去了呢？"赶来的大人们纷纷说。

可是，由于夜已经深了，黑乎乎的，所以，没有一个人敢爬上树去找辰吉。他们只在树下呼喊着辰吉的名字，但还是没有任何回声。

不知谁说了一声："到了明天，就会知道是怎么回事了！"说完，人们就都回去了。

不知不觉，天亮了。大家都聚集到杉树下。一个大人爬上树去，结果，只发现辰吉的衣服挂在树枝上，却没见到人影。大家觉得很奇怪，但谁也不知道事实的真相。有人说辰吉变成了蝙蝠，也有人说辰吉变成了猫头鹰。

留在船的碎片上的故事

　　有一艘船航行在南方的大海上。太阳明媚、平和地照在海面上。这艘船的船长已经上了岁数。因为他成年累月以船为家，有时甚至把它当成了自己身体的一部分。

　　"我也要赶快辞掉这份水手的工作，到陆地上去。哪怕世上变得再文明，可咱们这么整天待在船上，还不是什么好处也得不到。"一个年轻的船员，在甲板上对伙伴说。

　　"你说的对。有了飞机，一天可以飞一两千里，可是咱们什么利益也得不到。就说这艘船吧，过去当它还是一艘新船的时候，还挺神气，总是去大港口。可自从它变旧了，又有了其他速度更快、更漂亮的船以后，就总是被派到偏远的地方去了。而且，这艘船上的人也没有什么前途，总是重复着一成不变、没完没了的劳动。"伙伴也回答说。

大海好像听不到人说话，明朗的脸上露出了笑容。白色的波浪在奋力航行的船的周围嬉戏着。

这时，上了年纪的船长不知什么时候来到了这里，听到了两个人的对话。

"我也曾经有过和你们同样的想法。可是最近，我觉得到哪儿都一样了。我也偶尔想去城里生活，可是一想到那里充满了欺骗和虚伪，就觉得还是实实在在的海上要好得多。刚才你说的飞机，对于偶尔坐一次的人来说，是很方便，但是你们想过没有，对于那些以此为业、每天都要坐的人来说，不知要比在这船上危险多少！世上的文明越发达，牺牲也就越多。最终人们都是要为各自的职业而牺牲的。这么想绝对没有错。我已经在这艘船上生活这么久了，我觉得海上比陆地，比任何地方都安全。"船长说。

年轻的船员们听了船长的话，吃了一惊，问："那么，到底是谁不好过呢？是那些游手好闲的有钱人不好过吗？"

"有钱人是要为钱提心吊胆的。"船长笑了。

恰好这艘船上有一个奔赴南洋的大财主。大财主挺着大肚子，迈着慢悠悠的步子来到了甲板上。

"看得见珍珠岛吗?"他说着，就朝远方眺望。

水手们都知道那是一座魔岛。传说岛上有美丽的姑娘，月光皎洁的夜晚，她们会在绿色的树荫下翩翩跳舞。但是，好像大自然觉得人把这个世界糟蹋得太厉害了，要守护住这些最后的小岛似的，用无数的岩石把它们围了起来，即使是平常的日子，海浪也高得让人难以接近。

"虽然没有什么浪，但天太阴，所以看不到。"船长说。

"怎么样? 要多少钱我可以付多少钱，能不能把这艘船开到珍珠岛去。到了那座岛上，肯定能找到金银财宝……"大财主请求说。

船长冷笑了一声，可是年轻的船员们却眼睛都放光了。看到这种情景，大财主又说:"偶尔也应该手上攥着点钞票，回去接触一下都市里的文明，尝尝美酒嘛。"

"就是嘛，既然要把船开到珍珠岛去，咱们要去冒那么大的险，就应该得到一大笔报酬!"不知什么时候，又有一些年轻的船员也聚集到了甲板上。

只有船长一个人在静静地思考。

"看来早晚都要把船开到珍珠岛去一次了。我的命运是和这艘船系在一起的，你们想怎么样就怎么样好了。"船长说完，回到了自己的房间里去了。

房间里，有一只青鸟老老实实地待在笼子里。因为养了很久，已经熟悉了，所以一看到船长，它就叫了起来。船长走到鸟身边，

　　"这么久了，你一直陪伴着我。一听到你的叫声，我就会想起南洋那些没有被人污染的飘着兰花香味的森林。你就用你那坚强的翅膀，飞回到森林里去吧——"

　　说完，船长就把鸟笼的门打开，把鸟放到海上去了。青鸟落在操舵室的屋顶，打量着四周。

　　"啊，珍珠岛！珍珠岛！"船上响起了叫声。这时，海浪的旋涡已经相当高了。

　　一直注视着大海颜色的船长，发出了危险警告，但是已经来不及了。船发出一声巨响，撞到了暗礁上。眼看着破旧的船体就粉碎了，大财主和年轻的船员们都沉没了，船长的身影也不见了。直到傍晚，风和海浪依然很高，但是后来就渐渐地平息了，大海又恢复了往日的平静。

　　这天夜里，姑娘们又在月光明媚的小岛上唱起了歌。而在距离这座小岛几十里远的海面上，漂浮着船的碎片，上面落着一只青鸟，任潮水冲来冲去。只有那被岩石撞得粉碎的海浪，仿佛永远在向人们传达着大自然的愤慨。

书本上没有的知识

这些天，只要碰上晴天，神社牌坊前面肯定会有个熬蜂窝糖的老爷爷来摆摊。邻居的孩子们都聚到他的周围，眼巴巴地看老爷爷生火熬蜂窝糖①。

义雄回到家里，问妈妈："我想吃蜂窝糖，可以买吗？"

因为平时尽量不给他们买附近粗点心②店里的东西，所以妈妈立刻就回答说："不行。"

可是，孩子被拒绝了一次，还不死心。

"啊，我想吃老爷爷做的蜂窝糖……"义雄又向妈

---

① 蜂窝糖：糖果的一种，在冰糖里加入蛋白，煮至起泡后凝固而成。
② 粗点心：用价格便宜的麦子、谷子等做原料，加麦芽糖或红糖等做成的食品。

妈恳求。

比他大五岁的哥哥放学回来时，也看到了老爷爷在牌坊前面摆摊熬蜂窝糖。这时他正好在书桌上打开书温习功课，忽地站了起来，过来帮腔说："妈妈，就给我们买点儿吧。反正今天还没有吃茶点呢，就买蜂窝糖当茶点不行吗？"

妈妈正在火盆旁边做针线活，她上街买东西的时候，看见老爷爷在牌坊前面熬蜂窝糖了，所以她问两个孩子："你们是想吃那种脏东西吗？"

哥哥快活地笑着回答："怎么会是脏的呢？妈妈，我们根本不觉得脏。老爷爷很干净的。"

"你站在那儿看了是吧？哎呀，真不像话！"妈妈笑了。

"我只是看了一会儿。用一个大热水壶装水来的。"

"那点水能干什么？"

"可是熬蜂窝糖，本来就用不了多少水……"

妈妈终于被说服，答应了孩子们的要求。两个人跟妈妈要了钱，就跑到外面去了，不一会儿，拿着几块包在报纸里、像黄蜂窝似的蜂窝糖回来了。

妈妈自己没有吃，只是望着孩子们香甜地吃着蜂窝糖，稀里哗啦地往下掉着碎片。接着，她一边埋头干活，一边隐隐约约地回想起自己小时候过节时，在路旁摆摊熬蜂窝糖的老爷爷的身影。

妈妈想，那位老爷爷那时就已经是老爷爷了，恐怕现在早已不在人世了。记得老爷爷用手巾扎着头，一只眼睛是瞎的，总是用另一只眼睛盯着红铜盘子的里面，骨碌碌地转动着研钵棒。小时候看到的情景，为什么到现在还没有忘呢？等现在这些孩子们老了以后，也会记得在牌坊前熬蜂窝糖的老爷爷吧……

第二天，孩子们又恳求妈妈给他们买蜂窝糖。

"今天老爷爷又来了吗？"妈妈问。

"老爷爷每天都来。"孩子们回答。

"老爷爷常来啊！"

"那当然，都做不过来呢。"

"哪儿有那么多人买呀？"妈妈显出不能理解的样子。

"有个不知从哪里来的人，还拿着包袱皮来买呢！"

"老爷爷开心了吧？无论是什么买卖，要是能够这么兴旺就好了。"妈妈在为素不相识的老爷爷而高兴。

正好这时大姐从学校回来了，也在边上。

"那么喜欢吃蜂窝糖，就在自己家里做好了。"姐姐说。

妈妈也觉得这样好。

"自己做的话，材料用不了多少钱，那就试试看吧。"妈妈对姐姐说。

姐姐本来就对烹饪感兴趣，于是，她拿出在学校记的笔记。因为要做稀罕玩意儿了，厨房里乱作了一团。

姐姐上街买来了熬蜂窝糖的容器、粗沙糖和碳酸什么的。等工具和材料都齐全了之后，姐姐坐在火盆前说："开始做了！"就一边考虑着水的比例、砂糖的分量，一边开始做蜂窝糖。

两个弟弟一看到盘子里面的糖水煮开了，就提醒说："该放碳酸了，然后骨碌碌地搅和。"

牌坊前的老爷爷，大致上就是在这个时候开始搅和的。

"是吗？"姐姐把碳酸放了进去，然后用棍子骨碌碌地搅和起来，可是，蜂窝糖发不起来，从火上拿下来一看，盘子里的糖块只是凝固成了一块又干又硬的糖块。

"看看，太早了吧。"姐姐训斥弟弟们说。

"是姐姐水平差。"

两个人不服气。

"这回一定成功，你们好好看着。"

姐姐又重新做了起来。当觉得够火候了的时候，放了很多碳酸，然后，骨碌碌地搅和起来，可是又失败了，而且还有一股苦味儿，根本就不能吃。

"瞧，不管你怎么逞能，还是做不好。"

两个弟弟笑话姐姐。姐姐的脸被火烤的红扑扑的：

"既然你们笑话别人，那就自己来试试吧……"

嘴上一边说着，一边试了一次又一次。但是怎么也做不好。

"为什么呢？真是奇怪！"

姐姐累了，把棍子丢在一边。于是，弟弟也模仿着牌坊前的老爷爷那样试了试，可是同样也失败了。

孩子们闹腾得翻天覆地，妈妈以为他们怎么了，就跑过来察看情况。

"做好了吗？"妈妈问。

"好奇怪，妈妈，根本发不起来。"姐姐诉说着。

"不会发不起来吧？还是不得要领。"

"妈妈会做吗？"姐姐反问。

"你不是多么复杂的菜都会做吗？"妈妈笑了。

"可是书上没有写怎么做蜂窝糖，在学校也没学过，我怎么会？"

妈妈打算自己来试试，就跟姐姐换了个位置，坐在了火盆前。可是，试了好几次，都以失败告终。

"一定是有什么窍门儿。"妈妈也歪着头百思不解。

这时，一直默默观看的大弟弟，说了一声"我去好好看看老爷爷是怎么做的……"就跑到外面去了。

窗外传来阵阵风声。蓝色的天空下，响起了各种各样的声音，还可以听到货郎吹的喇叭声和笛声。姐姐终于明白过来了似的，感叹说："无论什么事情，真要做的时候都好难啊！"

"熬蜂窝糖似乎谁都会做，但真要做好很难，没有经验就会赔本儿的。老爷爷也正是靠经验才能做生意的啊。"妈妈也佩服地说。

那天晚上，大学刚毕业的叔叔来家里玩。他闻到了从火盆里飘来的烤焦的蜂窝糖的糊味儿，又听大家说起了今天全家人聚集在一起熬蜂窝糖，可是怎么也熬不好的事情，还听大家说了在牌坊前摆摊儿卖蜂窝糖的老爷爷生意兴旺的事。听完了，虽然大学已经毕业、但还没有找到工作的年轻的叔叔说："我还什么工作也没有，比起熬蜂窝糖的老爷爷来，真是惭愧啊！"

这时，义雄爸爸也在旁边，爸爸说："什么工作都没有眼睛看的和嘴上说的那么容易。砍树、钉钉子、挖土，没有那方面的经验是做不好的。即使是做得好，也不见得就能安稳地过日子。"

叔叔好像很理解爸爸的话，不作声地点头听着，可是姐姐和弟弟们没怎么明白爸爸说的话。年龄最大的姐姐虽然嘴上没有说，但心里却想：做得好，为什么还生活不下去呢？熬蜂窝糖的老爷爷不是因为蜂窝糖熬得好，生意才那么旺盛，才活得下去的嘛……

后来，一直都是寒冷的日子。湛蓝的天空晴朗无云，天气非常好。孩子们虽然还在外面玩，可是对蜂窝糖的兴致已经消退，不怎么再说要买蜂窝糖了。

妈妈上街买东西的时候，又从神社前面经过。牌坊前，老爷爷和往常一样在摆摊，可是跟上次不同，已经没有孩子聚集在他的周围了。

"原来是这样，不是每天都好卖呀！"妈妈自言自语说，心里很同情看上去有些凄凉的老爷爷。

蜂窝糖老爷爷的身影不知什么时候，从牌坊前消失了。

"阿义，卖蜂窝糖的老爷爷最近没有来吧？"哥哥好像想起来了似的，问弟弟。

"啊，老爷爷不会再来了。"

小孩子们也没有特别期盼的样子。因为他们已经对蜂窝糖腻了。

一天，神社牌坊那儿响起了"笃、笃、笃"的敲梆声。左邻右舍的孩子们都觉着稀奇，是卖什么的呢？就都跑去看。

那里站着一个比熬蜂窝糖的老爷爷年轻的小伙子，摆摊搭起了一个拉洋片的小舞台。几个小孩买了他的糖之后，男人就会用那些糖纸剪成的偶人，演戏给孩子们看。

后来呢，这个男人每天都会来牌坊前面，"笃、笃"地敲打梆子。一听到梆子声，孩子们就会风风火火地跑来。

　　"不知那个熬蜂窝糖的老爷爷怎么样了？"

　　直到今天，姐姐似乎才领会了爸爸当时说的话。

大白天的妖怪

上

光一想捉独角仙①，就拿着根竿子跑到了神社院内的那棵槲树下面。可是不知是已经被别人捉走了，还是飞到什么地方去了，只有两三只大马蜂前后警戒着，想落到从树干里流出来的液汁上面。无奈，他又回到了牌坊那儿，呆呆地站在那里。头顶传来的蝉鸣，像雨点声似的吵人。这时，勇吉从远处跑了过来。

"干什么呢？"

"没干什么。"

光一正好觉得寂寞，所以高高兴兴地迎接了朋友的到来。

①独角仙：独角仙科大型甲虫，雄虫头顶有角。

勇吉和他并排倚在牌坊上，随后立刻出了个题："用长脚走路，用扁平足游水，身体弯曲，向后退缩的东西是什么？"

　　"谜语？"

　　"嗯嗯，是光一知道的东西。"勇吉笑了。

　　"那是什么东西呢？"

　　光一使劲儿地想。

　　不会是独角仙……

　　"啊，知道了。是蚂蚱对吧？"他大声回答。

　　勇吉眼睛闪了一下，歪着脑袋爽朗地笑了。

　　"不对，蚂蚱不会游泳啊。"

　　"我不知道，告诉我吧。"

　　光一终于投降了。

　　"是虾，今天我在学校的理科课上学的。光一也很熟悉虾吧？不过，如果被这么一问，会觉得奇怪，是吧？我觉得虾很好玩，比独角仙好玩多了。明天我要拿个瓶子到河边去捉些小虾来，放到瓶子里面观察。"勇吉像发现了什么有趣的事情似的说。

　　光一总是觉着，在学校比自己大一年级的勇吉说的话似乎都很有道理，他感到很好奇。自己明年在理科课上也会学同样的课程吧？那样，也许就会发觉虾要比独角仙还好玩。那样，大自然也许就会像一座富丽堂皇的豪宅一样映入自己的眼帘。

"光一，我要是把虾捉回来的话，你猜猜会放到什么样的瓶子里？我发明了一件特有趣的东西。你不知道吧？"勇吉又说。光一当然根本无法知道这些。

不如说，光一只是默默地羡慕地注视着什么都知道的勇吉。

"你不是在水族馆里看到过鱼在玻璃箱子里游吗？拨开水草，忽闪忽闪地摇晃着尾巴，或是一个接一个地吐出小水泡。我要做那种东西。"

"勇吉，你怎么做呀？"

"你是说瓶子吗？我告诉你，你到我家来吧。"

勇吉在前，光一在后，不一会儿，他们就沿着那条白天行人稀少、干燥得发白的马路跑了起来。

"我也是听哥哥说的，没有实验过，不知道能不能做好。你在这儿等等我。"

勇吉从屋里拿来了酒精，绳子和火柴。

"妈妈在睡午觉呢，没被发现，太好了。"

他是在暗示说如果被发现了，就会挨骂。他打开库房的门，从里面取出一只空的、可以装一升水的大瓶子。然后又在水桶里装满了水，放在旁边备用。

"怎么做呀？"光一问。

"只要把这支瓶子巧妙地切开，那样就可以做一个很好的容器了……"勇吉望着大瓶子，忍不住眯缝起眼睛，开始想象起里面放进水草，让鳉鱼和大虾游来游去的场面来。

"能切成两半吗？"正在光一怀疑的时候，勇吉已经用酒精浸湿了绳子，把瓶肚绑了起来。然后，他划了根火柴，点着绳子，于是，一股若隐若现的蓝白色火焰在绳子上方燃烧起来。等恰到好处的时候，勇吉猛地把瓶子泡到了水桶里，"砰"的一声，瓶子从绳子绑着的地方整整齐齐地裂成了两半。

"哇！"光一就不用说了，连操作的勇吉也不由得感叹了一声。光一忘记了一切，手里拿着的竿子倒在了地面上。

中

"勇吉说他今天拿着瓶子到河边去捉虾，我也想一起去。可是，天有点阴，好像要下雨了。"

放学回家的路上，光一一边想，一边在草地上走着。当他的视线从天空转向地面时，发现一个带刺的东西黑光闪亮，掉在前面的草地上，是什么东西呢？

"是虫子吗？"

光一马上就觉得这是一个活物，它让他毛骨悚然。

但是，那东西一动不动。他警惕地走近仔细一看，长长的脚，还有两只闪亮的眼睛。既不是独角仙，也不是蜈蚣，有点像虾……又觉得像一种没有见过的虫子。

"是什么东西？"他又靠近了一些，仔细察看，有长长的须子，肯定是虾。

"是虾，好大的一只虾啊！"

真是奇怪！掉在这么干的草地上，怎么还像刚从水里跳出来似的，黑色的甲壳还湿漉漉的呢！他迟疑了一下，不知该不该拾起那只虾。不过，当他知道是虾时，自然就产生了勇气，用手把它抓了起来。

果然像勇吉说的那样，有长脚和扁平足，没有任何地方受伤。

放到水里说不定会活过来，光一想到这里，赶紧放松了抓虾的力气。

"虾怎么会跑到这里来了呢？"

他越想越觉得奇怪。接着，又不知该如何处理这只虾了。回到家里后，马上把虾放到水里吧，如果活过来的话，就养活它，如果活不过来，对，就把它做成标本。

但更让他担心的是，在传染病流行的时候，把这种东西拾回来，父母一定会严厉地批评他的。所以，一定要放到家里人看不到的地方。

光一站在草地中间想来想去，还提着虾凑到鼻尖儿那儿闻了闻。还留着一股海潮的香味儿呢!

"肯定会活过来的。"

他从书包里掏出一张白纸,把虾包了起来。然后,就急匆匆地往家走。回到家里,他立刻用脸盆装了些盐水,然后,把虾放了进去。可是,虾还是一动不动。他想,得马上让勇吉看看这只虾,就又用纸重新把虾包了起来,藏到了矮树篱笆里。

"茶具柜上有茶点。"妈妈说。光一连茶点也顾不上吃,就跑到外面去了。

"勇吉看到了,一定会吓一跳的。"他一边走,一边不时地把虾从纸包里拿出来察看。

他用指尖抓住它,想象着它在水里的样子,让它在空中游动。

当他来到神社前面时,传来一阵"汪汪"的狗叫声。

他朝院内里看去,只见培司就在昨天他找独角仙的那棵槲树下面,像挖地似的,一边用爪子挠着地面,一边叫着。

"培司,你在干什么呢?"

光一迅速跑到狗旁边。他以为它找到了蛇呢,原来培司正在对着一个小洞吼叫。

"这么回事啊!"正当这时,一个黑家伙从洞里探出头来。

"哎，好像有什么东西。"

光一找来一根棍子头，往洞里捅了捅。可以看到里面有一个鹿角一样的东西。

"哎呀，是小独角仙啊！想不到这里会有一个独角仙的洞。培司，你真聪明啊！"光一高兴地抚摸了一下培司的头。然后，把虾放到了旁边的树根底下，就不顾一切地开始挖起洞里的独角仙来了。

好不容易抓到了一只之后，里面似乎还有。光一脸涨得通红，汗流满面，又重新挖起洞来。培司又在旁边"汪汪"地叫起来了。光一一抬头，吃了一惊。培司嘴里叼着虾，甩了两三下头，就那么跑走了。

"培司！那可是件宝贝啊！"光一说着，追了上去，可是晚了。培司已经无影无踪了。

在学校操场上玩耍的时候，勇吉来到了他身边，

"勇吉，你去河里抓鱼了吗？"光一问。

"你没听到打雷吗？给雨淋了就不好办了，所以没有去。后来，晚上去庙会买来了黄金鳉。"

"放在那个瓶子里了吗？"

"放进去了。下次到河边去，捞些海藻来。"

光一说起了拾到虾的事。

"哎？在那片草地上吗？"

勇吉露出一副难以置信的神情。

"不骗你，就掉在草地上了。"

光一很遗憾自己无法使对方相信自己说的话是真的。

"会不会是鱼店的人掉的。不过，怎么会经过那片草地呢？如果是被猫叼走的，也应该吃掉的呀！那只虾没有受伤吗？"勇吉又问。

"脚一条也没有掉。还像活的一样，黑亮黑亮的。"

"那脚有没有动？"

"一动也不动。我把他拿回家之后，立刻泡到盐水里了，但是已经死了。"光一说。

"那就怪了。后来呢？后来那条虾怎么样了？"勇吉想说不可能有那种事儿，但还是问了一句。

"我本来想拿给你看的。可是半路上发现了独角仙，就在我抓独角仙的那会儿，培司把它给叼跑了。"光一想起来就觉得遗憾，他回答说。

"原来是这样！"勇吉两手搭在头上，考虑了一会儿，"啊，光一，我明白了。你是做了一个梦吧！准是你把梦当真了。大海里的虾不可能跑到草地上。除非它是妖怪。"

勇吉仰望着阳光灿烂的森林上方，笑了。白云如同白帆，在蓝天上飘走了。

"哎？妖怪？怎么会是妖怪呢……"光一极力想辩

解，可就连他自己想起昨天的事，也觉得像是做了一场梦似的。

下

星期天的上午，天空阴了起来。不知为什么，最近天气一会儿晴，一会儿阴，一直变化无常。光一想，不知大家有没有在外面玩，就来到红土草地上一看，那边聚集了一片黑压压的人群，好像在围着看什么东西，正好在他捡到虾的那一带。

"他们在看什么？"他跑了过去。那里有一个像是手艺人模样的男人，把自行车停放在一边，有小伙计，还有一个小姑娘。可是，却没有一个是自己认识的人。光一感到有些寂寞，到了里面一看，只见一位老爷爷在草地上摆了个摊儿。一只水桶里面是螃蟹和小乌龟，他朝里面望了望，螃蟹和乌龟们挤压在一起，动个不停，不住地吐泡。另一只水桶里面有一些稀奇古怪的东西。黑黑的，像甲虫那么大，头大尾巴短，像鱼又不是鱼。这些稀奇古怪的东西在水桶里挤作一团，把头贴在水桶边上。

"老爷子，有这么大的蝌蚪吗？"那个手艺人模样的男人问。

"它们能生活的池塘可太少了，这是从远方运来的，到了晚上会叫的。"

"怎么叫？"

"呜呜地叫。"老爷爷回答。

"叫？呜呜地？这些家伙吗？"

这回是那个戴鸭舌帽的小伙计惊讶地问。

"简直就像汽车喇叭似的。"手艺人模样的男人笑了。

"是不是喂了什么药了，把蝌蚪给催大了吧？"小伙计没有把老爷爷的话当真。

小姑娘从大人们中间露出娃娃头来，看着水桶，说："这不是小鲇鱼。"

"不管鲇鱼头多大，也不会有这么大的。大概还是蝌蚪，肯定是蝌蚪。老爷子，听说牛蛙会叫，这会不会是小牛蛙啊？"手艺人模样的男人又说。

老爷爷把烟草装进烟袋锅里，划火点着了，一边抽烟，一边所答非所问地说："总之是些新鲜玩意儿，小少爷们对螃蟹和小乌龟已经腻歪了。"

光一想赶快回家跟妈妈要钱。

"说什么也要买蝌蚪。"他在心里喊着。平时老爷爷一条卖五钱，可是他说今天特价，三钱一条。他很后悔没把上回爸爸给他的零花钱存起来，都买了鞭炮和烟花了。他考虑着如何央求母亲，就飞奔着回到了家里。

一见到母亲，光一就突然开口问道："妈妈，妈妈，有会叫唤的蝌蚪吗？"

　　猛地被这么一问，母亲不由得糊涂了，自己也不知为什么，会这么说："不知道，还没听说过有会叫唤的蝌蚪呢！"

　　"就是有这种蝌蚪，妈妈。说是天一黑，就呜呜地叫。"

　　光一简直连自己都不敢相信，他眼睛睁得大大的，望着母亲。

　　"肯定是别的东西吧，会不会是杜父鱼^①呀？"

　　"皮黑黑的，头大大的，还有一条小尾巴。很可爱！"光一说。

　　"哎呀，多可怕啊！就像蝌蚪的妖怪。"母亲不仅没觉着可爱，反而像打了一个寒战似的说。

　　"一条三钱，多便宜啊，妈，就给我买吧。"

　　"在哪儿？有卖那种东西的吗？拿回家里来可不好办了。"

　　"一点都不可怕，只不过是会叫的蝌蚪。"

　　他说什么也要征得母亲的同意，把钱要到手。于是，就跟在母亲身后，在屋子里转来转去。后来，好不容易才要到了可以买三条蝌蚪的钱，他心里不知有多高兴。然而，不走运，外面下起雨来了。

―――――――――――――

① 杜父鱼：一种生活在寒冷湖川里的鱼，头部和嘴巴很大。

"这可不好办了，老爷爷会不会走掉呢？"光一焦躁不安。

"这么大的雨，谁会一直待在草地里？"母亲怀疑地说，但看见光一灰心丧气的样子，就又可怜起他来，于是，温存地说："这雨马上就会停的。"

但是，午饭吃过了，雨还是没有停。老爷爷可能早就到别的地方去了，看来只有死心了。

到了傍晚，终于雨过天晴，天空明亮起来。就在这时，"卖蝌蚪的来了！"不知是谁家的孩子从门前跑了过去。光一心里一震，竖起耳朵倾听。

"一定是那位老爷爷来了！"

他立刻从家里冲了出去。然后，朝孩子跑走的方向望去，可是连个人影都没有看见。从远处烟筒顶上冒出了青烟，下面的道路湿漉漉，亮晶晶的，人们精神抖擞地从马路上走过。

"卖蝌蚪的跑到哪里去了呢？"光一在马路上站了一会儿。这时，刚洗完澡，脸上涂着雪白的香粉的金子，翩翩摆动着和服的长袖子，从旁边的路上拐了出来。

"光一，傍晚有宣传开店的啦啦队来游行。"金子告诉他。

"在哪儿？"

"在菜市场前面，马上就要开始了。"

金子好像是要去看的。光一朝市场那边望了望，仿佛听到"当当"、"锵锵"的声音。虽然忘不了蝌蚪，但自己也很想跟金子一起去看广告啦啦队游行。他们俩避开马路上的洼地和积水，朝街上走去。

来了！来了！来了！乔装打扮的啦啦队来了……有戴着圆顶硬礼帽的，有戴着军帽，穿着胶皮长靴的，有戴红兜帽的，背着方形纸罩座灯的，还有穿着燕尾服，敲锣打鼓的……

队首是独角仙，接着是甲虫，后面是虾，再后面是呜呜叫的蝌蚪……在光一看来，那些人都像是虫子。

两旁的摊档都已经掌灯了，天空像紫水晶一样暗了下来。

光一跟金子说起了白天看到的事情，

"不会有那种蝌蚪的。"金子冷冷地说。

"要是跟那位老爷爷买了蝌蚪就好了。"光一遗憾透了。

"连金子都不相信，如果跟勇吉说了今天的事，勇吉肯定也会说不会有那种蝌蚪的。而且，还会笑话我：光一又做了一个奇怪的梦吧……"

想到这些，光一觉得很无助，很寂寞。而且，他深深感到在这个世界上，存在着那种只有自己相信、而别人无论如何都无法理解的不可思议的事情。

癞蛤蟆妈妈

癞蛤蟆都非常温顺，因为这只大癞蛤蟆是很多只小癞蛤蟆的妈妈，所以就更温顺了。

后街在一个斜坡上，有一条长长的小路。癞蛤蟆就住在路旁的灌木丛里。去年，刚好也是现在这个时候，这只癞蛤蟆妈妈来到这条坡道上，看着孩子们欢蹦乱跳。

来来往往的行人们都朝癞蛤蟆看。

"这只癞蛤蟆多好玩啊，可别踩着它。"女孩子们说着，躲闪着走了过去。

癞蛤蟆妈妈想："人的心地多么善良啊。"

很快，今年又到了这个季节。梅雨时分的坡道上湿漉漉的，灌木丛里的草木郁郁葱葱。癞蛤蟆妈妈又像去年那样，来到了小路上。

有一天，这只大癞蛤蟆想去看看人住的家里是个什么样子。

"今天去参观一下吧。"说完，她就满不在乎地下了坡，朝镇上爬去。

癞蛤蟆走路很慢，所以，等她爬到镇上的时候，已经接近黄昏了。

"唔，一家一家地走着看吧。"大癞蛤蟆想。

癞蛤蟆以为人都是善良的，所以也没有多想，就进了一户人家的门。

这是一家米店。米店的老爷爷觉着好像有一个什么又黑又大的家伙走了进来，仔细一看，原来是一只癞蛤蟆。

"哎呀，哎呀，你跑到这里来不是找麻烦吗？快出去！"老爷爷说着，笑呵呵地用棍子尖把癞蛤蟆挑到了门外的马路上。

癞蛤蟆妈妈也没觉得怎么难过。她又进了隔壁的一户人家。

隔壁是一家木炭店。女主人正在做过冬的煤球，看见癞蛤蟆进来了，就说："跑到这里来要变成黑煤球的，快走开！"她随手就抄起一把扫帚，装出一副要把癞蛤蟆轰到马路上的样子。

癞蛤蟆妈妈也没觉得怎么难过。她乖乖地爬出那户人家之后，又进了另一户人家的门。黄昏的天空非常晴朗。癞蛤蟆进门一看，发现有一片干净的水，里面有很多鱼在游来游去，便欢天喜地地一下子跳了进去。

"啊——"边上的孩子们吓了一跳。原来这是一家金鱼店。金鱼店的老爷爷立即用网子把癞蛤蟆捞了出来，扔到了外面的马路上。孩子们又哄的一声笑了起来。

癞蛤蟆妈妈想起了自己的孩子们，便朝着黑暗的坡道爬去。

图书在版编目（CIP）数据

红蜡烛和美人鱼／（日）小川未明著；周龙梅，彭懿 译. —— 上海：华东师范大学出版社，2019
（世界儿童文学名家名作）
ISBN 978-7-5675-8988-9

Ⅰ. ①红… Ⅱ. ①小… ②周… ③彭… Ⅲ. ①童话－作品集－日本－现代 Ⅳ. ①I313.88

中国版本图书馆CIP数据核字(2019)第059462号

世界儿童文学名家名作

红蜡烛和美人鱼

著　　者	〔日〕小川未明
译　　者	周龙梅　彭懿
策划出品	雅众文化
策 划 人	简　雅
项目编辑	宣晓凤
审读编辑	刘效礼
责任校对	林文君
特约编辑	田　媛
封面插画	高　婧
装帧设计	方　为

出版发行	华东师范大学出版社
社　　址	上海市中山北路3663号　邮编 200062
网　　址	www.ecnupress.com.cn
总　　机	021-60821666　行政传真 021-62572105
客服电话	021-62865537
门市(邮购)电话	021-62869887
地　　址	上海市中山北路3663号华东师范大学校内先锋路口
网　　店	http://hdsdcbs.tmall.com

印 刷 者	山东临沂新华印刷物流集团有限责任公司
开　　本	880×1230　32开
印　　张	8
版　　次	2019年9月第1版
印　　次	2020年9月第2次
书　　号	ISBN 978-7-5675-8988-9
定　　价	26.00元

出 版 人	王　焰

（如发现本版图书有印订质量问题，请寄回本社客服中心调换或电话021-62865537联系）